AFI37506

Une érection pour ces dames

☻

Kentin Spark

Couverture Jesse Jay

© 2015 – Kentin Spark
Éditeur : BoD – Books on Demand,
12/14 rond-point des Champs Élysées, 75008
Paris
Impression : BoD – Books on Demand
Allemagne
ISBN : 978-2-322-01859-8
Dépot légal : Juin 2015

CHAPITRE 1

Tiens ! Voilà mon rendez-vous !

« Bonjour. Je suis Monsieur Delcour, journaliste chez Sensorialité.

- Enchanté ! Merci de m'accorder une interview. Je me présente. Je m'appelle Markus De Laforst.

- De même. Dites-moi l'objet de ma visite.

- Je sors à peine des études. Vous vous demandez quoi ? Je vais vous expliquer. Je suis un psychologue puceau, si je peux dire ainsi. Je suis spécialisé dans le domaine qui touche l'homme et son plaisir. Aujourd'hui, je dois préparer ma conférence, d'où votre présence afin de passer un article dans votre journal, une première pour moi. Je ne sais pas trop comment je vais m'y prendre car c'est mon dépucelage. Je viens d'acheter mon cabinet. Comme vous le voyez, l'avenue du Général Paul Pol est située dans un quartier prisé de Clermont. Mon local n'a pas son pareil mais il a son charme. Suivez-moi, c'est par ici ! »

Nous rentrons par la porte cochère. Le bois qui la compose est d'une époque lointaine, un chêne de quelques centaines d'années. Nous traversons la cour parsemée d'un jardinet bien entretenu. Les allées sont en pavés, c'est assez médiéval. Sous les arcades qui entourent le jardinet, il y a cinq portes. À notre droite, le bureau d'un informaticien. Nous remontons l'allée. L'entrée suivante est un cabinet d'infirmières. Celle d'après est un cabinet comptable.

Nous continuons notre ascension. La quatrième, c'est la mienne. Tout à gauche, c'est le local de la concierge, un petit bout de femme énergique, qui met un point d'honneur à ce que tout soit nickel.

J'introduis ma clef et j'ouvre la porte de ma future vie. Je ne suis pas prétentieux mais je suis assez fier de mon parcours. Ce lieu est, en quelque sorte, ma récompense. Derrière la porte, nous entrons dans une salle moyenne. C'est ma salle d'attente. Il y a des fauteuils confortables pour le bien-être de mes futurs patients. J'ai choisi une imitation de cuir, mais je suis assez vert. La planète, la faune et la flore, je veux les respecter et les protéger au mieux. Le sol a un carrelage des années 1900, couleur rouge vin. Un rouge bordeaux sympathique. Les murs sont décorés à la chaux. J'ai ajouté une petite bibliothèque, dont j'ai pris soin de choisir les livres. Une table basse supporte des revues pour femmes. Je suis un traditionnel dans l'âme.

À droite de la pièce, les toilettes de couleur parme. En face, nous entrons dans mon cabinet : un petit bureau, quatre chaises, des murs jaune pastel où sont accrochés trois tableaux de peintres non connus car toujours vivants. Ça sent la rénovation. J'adore sentir cette propreté laissée par les peintres. Le plancher en merisier de mon bureau sent la cire fraîchement appliquée. La visite terminée, nous rejoignons mon cabinet.

« Prenez place, je vous prie. »

Je m'installe derrière mon bureau. Mon visiteur se met face à moi.

« Voulez-vous un café ?

- Oui, merci.»

Je me lève pour le préparer. En attendant qu'il coule, je me rassois.

« Je vous écoute, dit mon interlocuteur.

- Ma spécialité pourrait prêter à sourire, mais

pourtant, transpire l'inquiétude et l'angoisse, une souffrance interne, une honte en soi. L'homme et la panne est un sujet qui touche beaucoup d'entre nous et il est pourtant peu médiatisé. Il ne faut pas croire que la gente féminine rit de ce problème. Pour mon ouverture, afin de me faire connaître, j'ai ouvert un site où les personnes m'exposent leurs souffrances dans l'anonymat. Une fois délivrés de ce poids, je les invite à venir me rencontrer. J'ai lancé ce procédé depuis un mois et je suis étonné du nombre de témoignages. À ma grande surprise, la moitié sont des femmes et une grande partie sont de jeunes ados. Pourtant le sujet est vraiment masculin. Le nom de mon site est clair « Une érection pour ces dames ». Je me rends compte que les femmes sont les plus affectées.

Dans six ou sept jours, j'organise un débat sur les problèmes récurrents de l'érection. Pour cela, j'ai sélectionné certains témoignages et les suggestions que je leur ai apportées virtuellement. Un homme sans son arme se sent impuissant. J'en suis arrivé à la conclusion flagrante que les femmes ne s'inquiètent pas pour leurs jouets à plaisir, mais bien pour leurs hommes. Je pense qu'elles extériorisent avantage leur amour devant l'angoisse de leur moitié. C'est peut-être une façon de les rassurer, de leur dire qu'elles sont là quoi qu'il arrive. La honte de l'homme gangrené par ce mal, le rend dépressif. Je n'ai pas une bite magique. Oups ! Je n'ai pas une baguette magique, mais je vais amener le patient dans sa frustration pour en connaître la raison.»

Le café est prêt. Je me lève, attrape deux tasses et nous sers. Puis, j'ouvre mon tiroir principal et j'en sors une chemise bleue intitulée « Bites en grève ». Le sourire du journaliste démontre qu'il a posé son regard sur la désignation de ma pochette. Bien positionné sur ma chaise, je prends le premier témoignage.

« J'ai fait le serment d'Hippocrate. Je tairai les secrets qui me sont confiés. Alors je suis désolé de ne pas vous partager les maux à demi-mous, heu, à demi-mot révélés.

- Je vous laisse parler sans vous interrompre depuis mon arrivée et c'est très bien ainsi car vous apportez vous-même les informations.

- C'est plus facile de partir sur une base pour que vous puissiez définir vos questions par la suite, si je puis me permettre.

- C'est une très bonne idée ! Continuez je vous prie.

- Voici deux témoignages qui me sont parvenus. Je peux vous les montrer car ils ne sont pas signés. Ces feuillets sortent directement du site, sans correction de ma part, car je veux analyser un peu la personnalité des auteurs. »

"Bonjour. J'ai 18 ans et j'ai des soucis d'érection. Alors voilà. En quelques mots, je suis rapidement chaud au début du rapport, sauf que rapidement si elle ne s'occupe pas de moi, à savoir me masturber, me faire une fellation, me lécher, je perds mon érection.

Est-ce un problème psychologique ? Est-ce ma partenaire qui ne s'occupe pas assez de moi ? Est-ce normal à seulement dix-huit ans de perdre une érection ? J'ai un problème physique une maladie ou autre chose ? Merci d'avance de votre réponse."

« Je vais lire le suivant, pour vous montrer le stress que les problèmes d'érection provoquent chez les sujets. »

"Bonjour, j'ai un souci qui me perturbe beaucoup. J'ai un problème d'érection. Je bande dur mais quand je suis prêt à passer à l'action, ben, là, je débande. Ça me le fait souvent. Pourtant on passe du temps sur les préliminaires, les jeux etc. Que dois-je faire? Est-ce normal ? J'ai seulement seize ans. Ça m'arrive assez souvent, mais je comprends pas. Quand on le fait l'après midi, tout va pour le mieux et par contre le soir, queue dalle Merci."

« Ben, je répondrais bien, continue l'après-midi. me dis-je. »

Puis, je continue mon exposé.

« C'est une infime poussière parmi toutes les demandes d'aide que j'ai reçues.

- Donc, si je comprends bien, l'érection est un problème de tout âge. Votre conférence va traiter ce sujet, mais le fond du débat consistera en quoi exactement ?

- Alors sur le fond, apporter des solutions psychologiques car là est l'essentiel des problèmes d'érection. Puis, amener les patients à consulter leur médecin traitant afin qu'il puisse diagnostiquer les premiers points avec eux.

- D'accord. Mais comment sera développé le sujet ?

- J'y réfléchis. Je pense démarrer la conférence en présence du docteur Lemolle, sexologue, qui va expliquer l'anatomie masculine et, au fur et à mesure du débat, il s'exprimera sur les éventuelles maladies. Je fais appel également, à un confrère qui fut mon maître de stage, Mr Ladure. Par ses années d'expérience en psychologie, il apportera un élan dans le dialogue.

- Puis-je vous demander de me lire un autre appel à l'aide.

- Oui, un petit instant, je vous prie. »

Je farfouille dans mes documents à la recherche d'un autre témoignage intéressant.

"Bonjour, je suis amoureux d'une jolie fille depuis six mois. J'ai tenté de nouer un contact avec elle. Depuis, nous sommes amis mais j'ai gardé une distance pour éviter d'être trop proche d'elle. J'en parle depuis quelques temps avec des amis qui m'ont conseillé de lui dire et je l'ai fait. Elle m'a dit qu'elle aimait quelqu'un d'autre. On a continué cette relation "d'amitié" distante encore un peu plus. Pour Noël, je lui ai

14

offert un cadeau en espérant qu'elle verrait qu'elle est quasi tout pour moi. Mais ça n'a fait qu'empirer les choses. J'ai attendu jusqu'au 25 pour avoir sa réaction.

 Mais rien ! Je pense que c'est de là que vient le problème.

Depuis cette époque, je n'arrive pas à avoir d'érection durable, elles sont quasi inexistantes, je les sens très peu et sont très rapides. J'ai lu des posts qui disaient que c'était peut-être psychologique, ou un manque de sport (je marche chaque jour pour aller au lycée, c'est tout) ou un problème de santé. Mais je n'ai pas trouvé de solution. Avant, je me masturbais généralement une fois par jour mais maintenant ce n'est plus possible. Je me suis donné un "défi" de ne pas me masturber pendant un mois en espérant que cela règle mon problème. Qu'en pensez-vous ? J'espère que vous avez la solution, merci. J'ai dix neuf ans."

« Je vois que le problème est bien réel, mais je ne pensais pas qu'il y avait autant de personnes touchées. Quand je vois l'épaisseur de votre dossier ! Est-ce une épidémie grandissante, ou une minorité ?

- Chaque homme rencontre ce problème au moins une fois dans sa vie, tôt ou tard. Tout dépend aussi de l'état psychologique. J'aimerais vous lire ce témoignage.

- Je suis tout ouï. »

"Bientôt deux ans que je suis avec mon copain (lui vingt ans et moi vingt trois ans) avec qui je suis très heureuse, mais il y a un gros problème au niveau sexuel... Dès le début, mon copain avait des difficultés à bander. Je le rassurais, car au début, normal qu'il soit stressé. Il sortait d'une relation de deux ans et moi de quatre ans. Au bout de quelques semaines, ça a passé grâce aux préliminaires et la confiance qui s'est installée. Mais le gros problème c'est que je ne sens rien lors des rapports. En fait, je me suis rendue compte qu'une fois qu'il y a pénétration, il bande mou mais arrive à éjaculer quand même. Je ne comprends pas. Pourtant, il est à chaque fois très excité, mais il a besoin d'une fellation avant chaque rapport pour bander dur. Sinon il a un peu plus de mal. Mais une fois qu'il me pénètre, elle n'est plus très dur. Du coup, je ne ressens rien. Ça va faire depuis le début de notre relation que je n'ai *plus* d'orgasmes alors que j'en ai eu avec mon ancien partenaire. On en parle souvent car au début, je pensais que ça venait de moi. Il m'assure que non, sinon ça ferait longtemps qu'il serait parti. Mais il ne sait pas pourquoi il est comme çà et ne veut pas voir quelqu'un. Pour lui tout va bien. Mais moi je suis, du coup, tout le temps frustrée car il a déjà pas une grande libido. Du coup, on ne fait pas souvent et à chaque rapport ça se passe comme ça. Qu'en pensez-vous ? Que dois-je faire ? Merci pour votre réponse."

« Ce genre de problème n'est pas individuel. Il touche le couple. Ces deux-là communiquent un peu. C'est déjà une bonne chose.

- Mais pourquoi les sujets ne vont pas voir un médecin ou autre d'eux mêmes ? Pourquoi sont-ils réticents ?

- Pour répondre à votre question, je vous invite à venir assister à la conférence. Ce sujet sera largement évoqué dans le débat.

- Donc si je comprends bien, vous ne me dévoilerez aucun élément ?

- Mais si je vous dis tout maintenant, je n'aurai

plus besoin de créer un débat.

- Effectivement. Pourriez-vous me donner un autre exemple ? Mais je souhaiterais une personne plus âgée, si c'est possible. »

"Bonjour à vous. Je voudrais savoir si vous pourriez me renseigner sur un sujet méconnu pour moi jusqu'à présent : troubles d'érection. J'ai 57 ans. Aucun problème de ce genre auparavant. Je viens de rencontrer une superbe femme de 48 ans. Nous nous aimons et adorons très fort. Mais ce nouveau problème affecte mon existence et je ne sais pas comment faire pour en sortir. Surtout qu'au début de notre rencontre tout allait bien. Maintenant, je suis bloqué par la peur. Je ne sais pas pourquoi. Et pourtant je la désire comme un fou. Il faut savoir que y'a pas si longtemps, j'ai vécu une très profonde déception amoureuse pour laquelle je commence à peine à faire surface. Quels sont vos conseils ? Cordialement."

« Après avoir entendu ce nouveau témoignage assez poignant, quelles seraient les aides que vous pourriez lui apporter ?

- J'écoute votre question, mais je ne peux vous

répondre.

- Je pense savoir pourquoi. Vous allez me dire que j'aurai une réponse lors de la conférence et qu'elle sera faite directement à ce monsieur.

- C'est cela !

- Bien ! J'ai ce qu'il me faut pour préparer mon article. Vous me communiquerez la date, le lieu, et l'heure de cette conférence érectile ?

- Naturellement. Je vous communiquerai ces informations dès que je connaîtrai les disponibilités de la salle. Merci de votre venue.

- Merci à vous aussi.

- Je vous raccompagne. dis-je en me dirigeant vers la sortie. Au revoir.

- À bientôt. »

CHAPITRE 2

Le journaliste à peine parti, je me replonge dans mes histoires de sexes mous.

"Bonjour. Alors voilà je poste sur cette rubrique... Avec mon copain de dix-sept ans, c'est notre première fois à tous les deux. On a failli passer à l'acte plusieurs fois, et la dernière, pas plus tard qu'hier soir. On en avait déjà parlé plusieurs fois avant de le faire... Lui il était prêt et impatient, mais moi, pas trop. Après beaucoup de réflexion, je me suis dit, pourquoi pas... Un week-end, tranquilles chez lui, les choses avaient bien commencé : il bandait. Il met la capote et là, plus rien. Elle est redevenue "molle"... Imaginez la frustration de mon copain face à ça. Pour un puceau, selon lui, c'est honteux... J'avais beau le rassurer, il voulait rien entendre. Il a émis l'hypothèse que c'était la capote qui l'empêchait de bander. Il me dit qu'il a envie de moi, qu'il veut le faire avec moi... Mais l'acte ne se produit jamais... Avez-vous une solution ? Merci d'avance."

Je pourrais passer pour un voyeur ou un

pervers, comme vous qui me lisez d'ailleurs, mais mon travail est de comprendre la situation pour pouvoir aider. Je souris, il est vrai, car ce n'est pas facile pour eux de le dire. La façon de le décrire n'est pas évidente, non plus. Je suis célibataire, juste 31 ans et je n'ai pas rencontré de problème érectile jusqu'à maintenant. Mais je ne suis pas à l'abri. En lisant les commentaires, je me rends compte qu'ils n'arrivent pas à surmonter seuls ce problème aussi bien les garçons que les filles. Cet exemple est frappant.

"Bonjour, J'ai 18 ans et j'ai toujours bandé comme un taureau. Enfin sauf quand j'ai eu ma toute première copine. C'était une relation virtuelle. Parfois le soir, on s'envoyait quelques mails "chauds", histoire de combler l'absence de l'autre. Elle était vraiment magnifique, beau corps, rien à dire. Lors de notre première rencontre, je devais passer deux jours, donc une nuit chez elle. La première journée, on a pas arrêté de se faire des câlins, de s'embrasser, de se frotter etc... Mais ça ne me faisait absolument rien ! Je me demandais pourquoi je ne bandais pas, ne serait-ce qu'un petit peu. Bref, le soir, on était en soirée avec ses amis, on était posés etc... et elle me dit qu'elle a envie de moi, qu'elle veut faire sa première fois avec moi (et première fois pour moi aussi, mais elle ne le savait pas...). On était à pied, à deux pas de chez elle. Son studio est collé à la maison de sa mère. Je disais à ma copine que ce n'était pas possible avec sa mère à côté, que si elle rentrait, on était foutus... Pour ma première venue, ça craignait. Ma copine m'a rassuré et a commencé à me déshabiller. Elle avait l'air excitée mais moi, non. Elle s'est mise sur moi, on s'est embrassés mais j'étais mal à l'aise. Elle m'a fait une fellation mais je bandais très peu. Je lui ai dit que j'étais stressé. J'étais vraiment mal à l'aise car je n'arrivais pas à avoir d'érection. Je me suis senti humilié, comme si j'étais plus rien. Ma copine par contre, essayait de me rassurer au mieux. Elle me disait que ce n'était pas grave, que je ferais mieux la prochaine fois. Elle me soutenait dans tout ce que je faisais, elle m'écoutait. Quelques temps plus tard, séparé de ma copine, mon problème d'érection semble avoir disparu. Les filles qui se frottent à moi, qui se mettent sur mes genoux me font bander. Mais je n'oublie toujours pas ce qu'il s'est passé. Je suis actuellement en couple virtuellement encore et là, c'est le stress. Je suis vraiment effrayé que cela recommence. Je la vois prochainement et j'ai peur qu'elle ne soit pas aussi compréhensive que la première. J'ai peut-être des réponses à mon problème, mais je suis pas sûr... Je me masturbe de plus en plus. Je fume de plus en plus de joints et je ne pratique plus de sport. J'ai perdu confiance en moi. Merci de m'avoir lu..."

L'heure tourne, sans un regard de ma part. Je suis penché dans ces textes qui crient "Au Secours" ! Mon environnement s'est effacé.

CHAPITRE 3

Toc ! Toc !

« Tiens ! Qui me rend visite ? »

Je me dirige pour ouvrir.

« Bonjour Fabien ! dis-je à mon visiteur, avec un grand sourire.

- Comment vas-tu ? Je suis venu voir ton installation et te montrer mon nouveau manuscrit.

- Ah, très bien ! Rentre, je t'en prie. »

Nous nous installons dans mon bureau. Il me tend son ouvrage.

« Belle couverture ! Ton nom en milieu de page, je l'aurais plutôt mis en bas, et Ladure en capitales d'imprimerie. Juste en dessous, j'aurais ajouté "Psychologue". Il n'y a pas de titre ?

- Oui ce ne sont que des détails. Je n'ai pas vraiment travaillé cet aspect. Et pour le titre, j'y réfléchis encore. Je voulais que tu le lises et me donnes un peu ton avis. Comme nous allons travailler ensemble sur le sujet "Comment apporter une analyse thérapeutique érectile", j'ai raconté l'histoire d'un jeune couple qui rencontre des difficultés à ce niveau. Cela évoque les principales causes de ces pannes qui ne sont pas dues à un problème médical, mais plutôt d'ordre psychologique.

- Très bien, je le lirai et je te donnerai mon ressenti. Au fait, aujourd'hui, j'ai rencontré un journaliste au sujet de notre conférence. Il va préparer un article pour relayer l'information.

- C'est une bonne initiative. Cela nous fera un peu de publicité et attirera du monde.

- Oui, je le pense. Je ne lui ai pas parlé de notre association, mais simplement de ton intervention lors du débat.

- Je pense que tu as eu raison. Je reste dans l'ombre afin que les projecteurs te bronzent. Quand tu auras acquis ta notoriété, on pourra peut-être envisager une structure pour permettre aux patients de se diriger et de trouver une aide appropriée dans leur demande, sans ressentir ni honte, ni jugement.

- Notre collaboration future et notre dévouement ont pour but de porter les armes contre ce fléau qui rabaisse l'homme au plus profond de lui.

- Oui tout à fait. Je pense que le docteur

Lemolle, par sa participation, va permettre de rassurer les gens à ce sujet, et ainsi, nous aurons pignon sur rue.

- Oui, mais le principal reste le patient lui-même.

- Bien entendu.

- Tu veux un café ?

- Oui merci. »

Je prépare le café et le sers une fois prêt.

« J'étais en train de regarder les messages reçus sur le site internet. Beaucoup de personnes cherchent une âme pour les aider. Je voulais en sélectionner pour permettre d'argumenter davantage le débat. Veux-tu jeter un oeil ?

- Avec plaisir ! Tu verras, mon histoire est racontée comme une romance et démontre que leur amour vient à bout de leurs épreuves.

- Tu me donnes déjà envie de plonger dedans.

- Je n'en doute pas. Quand je l'ai écrit, je me sentais voyeur de leur histoire d'amour.

- Je pense qu'en tant que psychologues, nous sommes voyeurs sans l'être. Nous sommes une soupape qui permet à l'être de se sentir moins en pression. Mais il est vrai que cela me passionne et j'avoue prendre mon pied en rentrant dans l'univers sexuel de mes patients ; une sorte de libido abstraite. »

Fabien me regarde avec un petit sourire en coin.

« Tu sais Markus, notre profession fait peur aux gens. Il nous décrivent comme des voyeurs. Ils pensent que notre métier nous permet de combler ou de réparer un mal-être personnel. Sommes-nous plus fous qu'un fou ? Nous avons l'art d'amener nos patients dans les ténèbres de leur souffrance, non pas pour trouver la clé de leur guérison à proprement dite mais pour leur permettre de contrôler leurs maux. Cela diminue leur souffrance et leur permet de comprendre le pourquoi du comment. Là est notre travail.

- Oui, nos études ont été faites dans ce but précis, non ?

- Tout à fait.

- Je vais te laisser une copie des témoignages et en échange, je garde ton manuscrit. Pour la conférence, je te faxerai la date, l'heure et la présentation du déroulement du débat.

- Bien, je te dis à plus tard. Bon courage et à

bientôt. Au fait, ton cabinet est très bien, très accueillant ! me dit-il en partant.

- Merci c'est gentil. »

La porte à peine refermée, je prends son ouvrage pour le feuilleter un instant. Ensuite, je passerai à la préparation de ma conférence.

CHAPITRE 4

Je m'installe à mon bureau, après avoir allumé quelques lumières supplémentaires, car j'aime lire avec beaucoup de luminosité. Le fond de la couverture est assez sympathique. Je suis désolé de vous laisser, chers lecteurs, mais je vais me plonger dans la lecture. Vous pouvez vous servir un café. Je vous l'offre. Je n'ai pas l'habitude d'éconduire mes invités comme cela, et je tiens à m'en excuser. Je délace mes chaussures, et j'en sors mes pieds.

- Ouf ! Enfin on peut respirer ! Ce n'est pas l'enfer, mais presque... Nous faisons partie de son corps. Il pourrait mieux nous prendre en considération. Nous sommes ses pieds tout de même ! -

Je tourne la première page. Mon regard se pose sur la première ligne et me voilà embarqué dans le monde littéraire. Je vais pouvoir m'évader un peu.

"Cette histoire s'adresse à tous ceux qui souffrent de problèmes d'érection d'ordre psychologique. C'est l'histoire d'un jeune

homme de vingt-deux ans. Une vie racontée qui ressemble sur un point peut-être à la vôtre. Je l'ai modifiée de façon à la romancer mais le fond est vrai. Aujourd'hui, cette personne gère et a surmonté son problème érectile. D'abord, je tiens à souligner qu'il a suivi une thérapie psychologique mais j'ai enlevé cet élément de l'histoire pour permettre, peut-être, à certains de comprendre que parfois, c'est dû à pas grand-chose. Les prénoms des personnages ont été modifiés afin de respecter leur anonymat. Je vous laisse à votre lecture.

Je suis un jeune de vingt-deux ans qui a une bonne forme physique, très sportif et en bonne santé. Mais je n'ai encore jamais couché avec une fille. J'ai rencontré une charmante demoiselle, d'une beauté telle que mon outil de travail était près pour l'action. Je suis blond de naissance avec une sculpture d'athlète. Je suis un homme doux et réservé, c'est vrai. Je ne déplais pas aux filles, mais je suis trop timide pour aller plus loin. D'où le fait que je sois encore puceau. J'ai rencontré cette belle plante à la patinoire de Clermont. Je me suis trouvé face à elle quand je lui suis rentré dedans. Je glissais comme dans une compétition, je filais sans regarder devant moi et Poum ! Était-ce le choc de cette rencontre inopinée ? Je me suis lâché. Je lui ai demandé si elle n'avait rien et surtout je lui ai dit : Moi, c'est Louis. Elle m'a regardé et m'a répondu d'une voix qui m'a rendu muet, pire qu'une carpe. Je sais qu'elle s'appelle Julie, qu'elle n'a rien et que tout va bien. Je suis resté sans voix deux ou trois secondes. Non, plus, c'est vrai. Je lui ai proposé de se poser au bar, que je l'invitais. Je me suis dit : Tu la percutes et tu veux la culbuter ! Ça c'est mon imaginaire fertile qui s'est mis en branle. Contre tout attente, elle m'a dit « oui pourquoi pas ». Contre ma volonté, mon visage a souri bêtement. Une fois sortis de la glace, j'étais gelé sur la suite des événements. Mais à ma grande surprise, aujourd'hui, je suis avec depuis deux mois. Nous n'avons pas couché encore, c'est un sujet assez difficile. Mais j'ai vraiment envie de lui sauter dessus, de lui arracher ses vêtements, telle une bête en rut. Je me vois lui donner l'assaut d'une compagnie à moi tout seul : une bête de sexe. J'ai vraiment envie. En pensant à ça je finis ma masturbation, j'essuie mon engin et je sors des toilettes pour me laver les mains.

[Louis est adepte de la masturbation car c'est le seul plaisir qu'il peut s'infliger sans honte et qui lui procure satisfaction. Il est libre de tout fantasme. Il se fait du bien très souvent à défaut de concret. Il adore mater des films cochons. Il est vrai qu'il en regarde jusqu'à deux fois par jour. Je n'en dirai pas plus par peur qu'il le sache et qu'il se cache dans la rougeur de son visage, vexé et honteux. C'est un sujet que chacun garde pour lui, un jardin secret connu de tous.]

Presque vingt heures, il faut que je me dépêche car j'ai rendez-vous avec Julie. Je l'invite au restaurant. Après, j'ai prévu une balade amoureuse sur la place de Jade. Pour finir, nous avons prévu de dormir chez moi. Je suis anxieux par rapport à la dernière étape. Enfin, je n'en suis pas encore là.

[Il prend une douche, même une sacrée douche. Il n'a jamais autant nettoyé Popol. Après une dose de parfum exagérée, il est fin prêt, habillé tel un gentleman. Il va faire des ravages aux yeux de cette jeune fille. Une brune au regard de jade, élancée dans son mètre soixante huit, fine, délicate et aux allures de top modèle. Il prend soin, en montant dans sa petite super cinq beige, de ne pas se salir. Il doit passer la prendre devant chez ses parents. Elle a vingt-et-un ans et vit chez eux.]

Je me gare dans une rue parallèle de la grande place. Je remonte la petite rue pour sortir sur l'avenue. Je m'arrête au numéro 231.

[C'est une belle maison, à vrai dire, mais il n'y porte aucun intérêt, car l'architecture, pour le moment, il en a que faire. Il sonne après avoir hésité longuement. La soirée lui fait peur. Elle sort et le rejoint au portillon. Elle s'approche de lui et ils s'embrassent tendrement. Il est sous le charme et ne dit rien. Il la prend par la main et l'entraîne au restaurant.]

J'ai les mains moites et le cœur serré. C'est notre première vraie sortie. Je suis content, heureux, mais j'angoisse. Je n'ai pas choisi un endroit huppé car je n'ai pas les moyens et en plus, ce n'est pas mon genre. J'ai décidé de ne pas l'amener, comme une princesse, dans des endroit luxueux et sortir la grande technique du lover. J'ai décidé de ne pas mentir sur moi-même. C'est une princesse en elle-même et je suis fier de l'accompagner. Ce resto est un extra pour nous faire plaisir. Je n'allais pas l'inviter à mon kebab habituel, non plus.

Une fois que nous avons pris place, je choisis une petite bouteille de vin. Elle reste simple sur sa commande, un choix régime, comme j'ai pu le voir dans un forum de discussions. Je me suis renseigné pour me rassurer. On se tient la main presque tout le repas. Je sens transpirer son odeur si attirante que mon sexe gonfle de plaisir. Je dois rougir un peu de honte, mais personne ne peut comprendre. Heureusement, en sortant, ma virilité d'homme s'est effacée. Nous voilà, marchant le long des vitrines de la place de Jade. On regarde les magasins de fringues, main dans la main et on se fait des bisous dans le cou.

On s'arrête deux ou trois minutes. Je l'embrasse. Je m'étonne moi-même. Je suis bien en sa présence. Je ne suis plus moi, je suis nous. Je ne fais plus attention à ce qui nous entoure. D'habitude, je marche très vite, tête baissée. Ce soir, je marche à son allure, rien ne m'effraie. Je fais durer ce moment de plaisir intense, de ne plus marcher seul. L'amour m'a trouvé dans mon isolement. Je lui propose de s'arrêter dans un bistrot où il y a un petit groupe de musique blues qui joue ce soir. Elle accepte en me répondant qu'elle adore le blues. Je commence à découvrir ses goûts. Ça me rassure un peu.

Installés à une table au fond du bar, seules places restantes, je commande un café pour moi. Julie, quant à elle, choisit un thé agrumes. On papote de tout et de rien. Les musiciens jouent, elle les regarde comme possédée. J'ai l'impression qu'elle est plus en conversation avec la musique qu'avec moi. En même temps je n'ai guère de sujet à aborder.

Je me lance dans une question. Elle détourne son regard de la scène, me sourit et me répond. Ce qu'elle aime dans la vie ? La randonnée, le sport, la musique et la lecture. Suspendu à ses lèvres, comme passionné, je l'écoute sans mot dire. J'ai droit à tous les auteurs qu'elle préfère, de chansons comme de romans. Elle parle avec un sourire tendre. J'ai lu qu'il faut intéresser la fille. Si elle parle du sujet avec passion, c'est gagné. Après une *présence de plus d'une heure, je l'invite à prendre congé de ce lieu.*"

Je pose le manuscrit sur le bureau, et je me lève pour préparer un café.

- Il ne le sait pas encore mais notre jeune psy est épris de ce futur roman. Peut-être que la vie de célibat le plombe dans la routine. -

Le temps que mon café coule, je vais regarder mon agenda. Demain, rendez-vous avec Monsieur Lemolle à 14 heures, à son cabinet. Je dois préparer les questions à lui poser. Il faut aussi que je passe chez l'artisan qui a dû finir ma plaque. Je vais enfin pouvoir la faire installer sur le mur de la porte cochère.

Encore une dizaine de jours et mon cabinet ouvrira ses portes. J'ai beaucoup de choses à faire d'ici là. Mon café servi, je me réinstalle sur mon siège.

Je prends la feuille où j'ai griffonné quelques idées sur ma conférence. Je pense ouvrir sur la présentation de mes convives et de moi-même. Ensuite je continuerai sur la lecture du sujet que j'aurais pris soin d'élaborer. Puis, je lancerai le sujet médical pour donner la parole au médecin. Enfin, mon confrère parlera des problèmes que peut causer la psychologie sur l'émoi sexuel.

CHAPITRE 5

J'attrape mon téléphone et compose le numéro de l'université.

« Université Clermont nord, bonjour. Sylvie à votre écoute. En quoi puis-je vous aider ?

- Bonjour, je suis Monsieur De Laforst, je devais vous rappeler pour la réservation de l'amphithéâtre P.

- Oui je me souviens, ne quittez pas. »

"Bienvenue à l'université Clermont Nord. Veuillez ne pas quitter, nous recherchons votre correspondant. Bienvenue à l'université... "

Je pose le combiné car leur message d'attente m'agace. En plus, il dure. Je reprends la lecture du manuscrit. J'ai pris soin de laisser la communication sur haut parleur.

"Nous sortons de cet univers pour entrer dans celui des randonneurs noctambules. Elle a froid. Il faut dire qu'elle n'est guère habillée ! Juste une chemisette ! Je retire ma veste et lui pose délicatement sur les épaules. Un petit merci sort de sa bouche. Elle me dit qu'elle doit repasser chez elle pour récupérer son sac.

Nous prenons donc la direction de chez elle et elle me demande combien de copines, j'ai eu avant elle. Elle précise que je ne suis pas obligé de répondre. Non ! Non ! je ne veux pas te répondre ! Qu'est-ce que ça peut te foutre ? T'aimerais savoir combien de fois j'ai couché et combien de nanas ont goûté à ma bite ?"

« Monsieur De Laforst ?

- …

- Allo ? … Allo ? … Monsieur ? … Allo ?

-…

Monsieur De Laforst ? … Allo ? … »

"Bien sûr, ce ne sont que mes pensées qui sortent de leur gonds. Moi, je me retrouve dans une situation où je préférerais fuir vite et loin. Je lui réponds en avoir connu quelques-unes tout en laissant sa question en suspens. Je ne me sens pas très à l'aise de lui mentir, mais je me sentirais honteux de lui dire que je suis puceau et que je ne connais que la branlette. Qu'elle va être la première et qu'elle va trinquer car j'ai une soif que je n'ai jamais pu assouvir avant."

« Allo ? … Allo ? … »

"Je change de sujet et je lui demande si elle se

plaît dans son travail. Je me rends compte que ma question est vraiment stupide et que je viens de lui avouer vouloir changer de sujet car sa question était trop gênante. En deux secondes je me suis vu devenir un looser. Elle me répond qu'être serveuse dans un fast-food, ce n'est pas très enrichissant mais que ça lui permet de se faire un peu de tunes pour finir ses études d'infirmière. Nous arrivons devant chez elle. Elle me propose de l'accompagner mais je refuse car je ne veux pas déranger et je préfère attendre son retour, si cela ne la gène pas."

« Allo ? ... Monsieur ?

- Merde, l'université ! me dis-je. Oui, je suis désolé, dis-je en reprenant le combiné. J'étais pris dans ma lecture.

- Ce n'est pas grave, Monsieur De Laforst. Alors, l'amphithéâtre est libre le 4 et le 6 mars. Quelle date souhaiteriez-vous ?

- Le 6 me convient très bien. Un vendredi en plus, c'est parfait. Puis-je choisir l'heure ?

- La salle n'est disponible que le soir après 19 heures.

- Dans ce cas, je la prends de 20 heures à 22

heures.

- Bien c'est noté. Vous passerez récupérer la clef et signer le registre de location.

- Ok ! Je viendrai le 6 dans l'après midi.

- C'est noté. Au revoir, Monsieur.

- Merci Madame, au revoir. »

Je raccroche le combiné et replonge dans ma lecture.

"Là voilà de retour ! Je prends son sac et on rejoint ma voiture. Une fois installés, je démarre et je prends la direction de chez moi. J'habite à Sayant, un petit village pas très loin de Clermont. Dans la voiture, la radio est allumée en sourdine. On écoute Céline chanter "Je ne sais pas". Julie me regarde et me dit qu'elle est contente car depuis deux mois que l'on se fréquente c'est la première fois que l'on se retrouve plus longuement. D'habitude on ne se voit que quelques heures. Elle me demande ce que je ressens. Je devrais lui répondre que je suis stressé, angoissé, perturbé, mais elle me prendrait pour un fou. Je lui dis que je suis content de partager ce moment avec elle et que je me sens bien. Puis, je m'inquiète de son propre ressenti. Elle me répond qu'elle va très

bien car elle est en ma compagnie. Flatté, je lui souris. On arrive à hauteur de chez moi. C'est la première fois qu'elle rentre dans mon univers. Toute est une première avec elle. Je me gare dans la petite montée juste à côté de ma petite maison.

[Il ne dit pas qu'il a nettoyé, rangé et décoré pendant trois ou quatre jours, car c'est une maison de mec, de célibataire endurci. Il a ajouté des tableaux aux murs, un bouquet de fleurs, des plantes vertes, et mis des diffuseurs de parfum un peu partout. Sa maison sent la lavande comme si elle se trouvait en Provence. Ils descendent de voiture et se dirigent vers la porte d'entrée. Il n'oublie pas de prendre le sac de la jeune femme. Il ouvre la porte et s'écarte pour lui laisser le passage.]

Le couloir qui s'ouvre devant nous n'est pas très étroit. La tapisserie ne date pas d'aujourd'hui certes, mais elle est encore en bon état. Elle s'arrête pour me laisser passer. Je la guide jusqu'au salon. Je l'invite à s'asseoir sur mon canapé vert. Je lui propose un verre. Elle accepte. Je lui sers et la rejoins.

Assis à côté d'elle, je passe ma main dans son

dos. Je me sens mal à l'aise. Je suis seul face à elle. J'essaye de lui montrer que je suis serein. Je lui demande si elle va bien. Elle contemple mon intérieur. Moi, je la contemple tout court. On bavarde et j'en profite pour lui proposer la visite de mon château. Surtout mon lit, me dis-je ! Il est temps d'y passer, depuis que j'attends ce moment. Elle se lève et me suit. Je lui montre ma salle de bain bleutée à la faïence blanche avec des motifs petits canards. Les WC, rien de plus banal, sauf que j'ai pris soin de relever le battant. Les murs sont blancs, décorés de petits tableaux dont les inscriptions ne touchent que le fond de l'eau. La cuisine est assez bien équipée, car j'aime cuisiner. Pour finir, ma chambre ; celle qui va devenir la salle sexuelle, celle où je vais la saillir, celle de ma jouissance. Rassurez-vous, ce n'est que mon imaginaire qui se développe en pulsion. Elle me dit que c'est une très jolie maison et que les rideaux sont choisis avec soin. Attends tu ne diras plus la même chose quand je t'y ferais grimper, me dis-je. Un peu de prétention ne fait pas de mal."

Je repose ma lecture. Une urgence qui ne peut

pas attendre. Je me lève et me dirige vers les toilettes. Je rentre et ferme la porte à clef. Désolé, je vous laisse dehors.

- Il est toujours à l'intérieur. Vous ne savez pas ce qu'il fait ? Je vais vous le dire. Il est entrain de vider sa vessie. Il est assis sur la cuvette des toilettes. Je pense que la venue du général caca l'oblige à y rester plus longtemps. Pas trop j'espère, car on attend. Quelques minutes plus tard, de bonnes minutes d'ailleurs, il sort enfin, et se lave les mains. -

Je reviens dans mon bureau et regarde l'heure sur mon ordinateur.

« *Déjà* 18 heures ! me dis-je.»

Lire m'a embarqué dans le temps sans que je m'en rende vraiment compte. Mais je ne peux arrêter ma lecture surtout à ce moment de l'histoire.

"*Je suis prêt ! me dis-je. Je me suis vidé cet après-midi. J'ai lu dans un forum, qu'il faut le faire avant pour qu'ensuite, l'acte dure plus longtemps. Je m'assois sur mon lit et l'invite à faire de même en la prenant par la main. Elle ne dit rien, ne résiste pas non plus. Elle veut vraiment que je l'attire dans mon glamour. Je la* caresse doucement. Mes mains sont excitées mais tremblantes. J'essaye de prendre les devants, de jouer le vieil habitué. Mais elle ouvre la bouche et me dit que je n'ai pas d'expérience. Je deviens rouge de honte. je me dis que j'ai merdé quelque part. Je lui demande d'un ton neutre, pourquoi elle me dit ça. Elle se rattrape, elle voulait dire qu'elle n'a pas d'expérience et qu'elle ne veut pas que je sois déçu. Un grand ouf intérieur me redonne du courage. Je lui réponds de ne pas s'inquiéter, qu'on fera comme si c'était la première fois pour nous deux, si cela ne la gène pas. Elle me répond que ça ne la dérange pas, au contraire ; que c'est mieux ainsi.

On se caresse mutuellement et on s'embrasse longuement. L'envie de l'acte me semble loin, car je ne sais plus quoi faire pour continuer. Je pense qu'elle ne sait pas non plus. J'entreprends de lui enlever le haut. Je m'arrête et je lui propose d'éteindre la lumière, afin que ce soit plus facile pour nous lâcher. Elle acquiesce de la tête. Et la lumière s'éteint. Je sens le stress m'envahir de plus en plus et je ne sais plus quoi faire. Je me sens seul au monde. Pourtant j'avance. Je parcours son cou de bisous. Parfois ma langue lèche sa peau salée. C'est très agréable. J'ai même envie de la croquer, oui la mordre. Je sens son souffle entrecoupé qui me glisse sur le dos. Elle se serre un peu plus contre moi. Elle a envie. Je ne me sens pas soulagé pour autant. J'angoisse. Ma main droite dégrafe son soutif, tandis que la gauche le lui arrache. Non je rigole. Je le lui retire en douceur. Comme par envoûtement, mon visage descend sur son cou et GPSsement parlant a trouvé sa destination. Elle ne dit toujours rien.

Ma langue effleure ses seins, titille ses tétons. Je bande dur. Elle est vraiment dure mais serrée dans mon boxer. Je prends sa main pour qu'elle délivre son futur jouet. Elle a du mal à s'en approcher. Pourtant je lui caresse le bras pour lui dire qu'elle peut y aller, qu'il ne mord pas. Elle le dégage de son étui. Mon boxer noir s'efface pour laisser la place au fruit défendu. Je suis gêné. Je sais que je rougis dans l'ombre, mais je sens une sensation étrange quand elle le caresse. Je me sens mal à l'aise et, en même temps, je suis surpris par le plaisir que cela me *procure. Je bande toujours autant. Je suis fier de lui."*

CHAPITRE 6

Je regarde l'heure de nouveau. Il est temps que je rentre. J'ai invité mes parents à dîner. Allez hop ! Je range tout et je ferme boutique. Je dois en profiter avant l'ouverture car le temps me manquera. J'embarque ma pochette afin de lire quelques appels à l'aide. J'arrive devant chez moi, mes parents sont là. Ils attendent dans leur voiture. Je suis vraiment à la bourre. Heureusement que tout est prêt depuis hier soir. Il me reste juste à tout réchauffer. Je frappe au carreau. Surpris, ils descendent.

Le dîner est servi. Nous passons à table. Nous discutons de politique, de mon avenir, et des femmes. Ils veulent que je me trouve une « Géraldine ». Ils sont pénibles. Je fais ce que je veux, tout de même, merde. Je suis bien tout seul. Je n'ai pas besoin que l'on me pousse. Je prends mon temps. Bien sûr, je réponds plus sagement.

« Maman, Papa, je suis pris par mon futur cabinet. Mon travail est la base de ma vie. Par la suite, je chercherai une belle fille, charmante.»

Ma mère me regarde avec des yeux gênés.

« Ne le prend pas mal, mon grand, mais on s'inquiète un peu.

- Ne dramatisez pas ! Je suis en bonne santé, je vais bien et je ne vais pas mourir. Le reste, c'est mon problème et vous serez les premiers informés. »

C'est vrai, je suis un peu vexé que l'on me saoule avec des "tu n'as toujours pas de copine ?", "es-tu gay ?", "tu vas mourir vieux garçon !", etc... J'en ai marre que mes parents veuillent gérer ma vie. Je les rembarre gentiment, mais il est vrai que des fois…

Une fois le dîner terminé, mes parents prennent congés. Mon repas était très bon, ils sont ravis.

CHAPITRE 7

Après avoir remis de l'ordre dans la cuisine, je me laisse tomber sur le canapé et j'allume une cigarette. Je savoure taffe après taffe. Ça me vide la tête. Mes parents sont lourds. Toujours la même rengaine. Je pars dans mes pensées. Je me passe le film de l'histoire que Fabien a écrite. Je reste en haleine. J'ai pourtant emmené du travail à faire, mais je ne peux m'empêcher de penser à ce manuscrit. Il faut que je lise la suite. Je me relève et chausse mes chaussures.

- Voilà, il nous renferme dans ses grolles puantes. -

Je marche d'un pas rapide, comme si j'étais attiré par un aimant. Je rejoins le cabinet en deux temps trois mouvements. Une fois rentré, je fonce au bureau, comme si j'avais peur que la maquette du roman ait disparu. Ouf ! Il est là ! Il m'attendait. Je m'assois deux minutes, je le prends et reprends ma lecture interrompue.

"Sa main est douce. Ses caresses m'excitent davantage. Je savoure sa poitrine. Ma main

gauche descend sur sa cuisse. Elle balade sa main sur mes testicules. Je frissonne. Je me sens emporté par cette nouvelle sensation. Je déboutonne son pantalon et baisse la fermeture éclair. Je me sens différent. Tout en continuant à profiter du haut de son corps avec ma bouche et ma langue, je lui retire de façon sensuelle, cette barrière qui m'empêche d'être directement au contact de sa peau. Étrange, ce nouveau plaisir, cette danse du toucher mutuel. Je suis tétanisé d'envie. Je ne suis plus le même, loin du plaisir solitaire. Je suis amoureux, en extase devant ce corps qui m'attire, me réchauffe et me fait transpirer d'excitation.

Mes doigts tripotent sa culotte. Je ne connais même pas sa couleur, mais peu importe. Elle me gène. Je la fais sauter en moins d'une seconde. Elle ne me dit rien. Je ne lui dis rien. Je suis submergé d'émotion. La parole n'est pas de mise."

Je sors difficilement de ce récit. Je viens de regarder l'heure, il est temps que je rentre. J'ai la chair de poule.

- Notre jeune psychologue ne serait-il pas

entrain de jouir de ce fantasmagorique projet ? -

Je n'oublie pas de prendre le manuscrit avec moi. Je ferme et je rentre à la maison. À peine arrivé, je me pose sur le canapé.

« Il va nous laisser enfermés jusqu'à demain, dit le pied droit au gauche.

- Pourquoi tu m'dis ça ?

- Ben, il va lire ce truc d'amourette et il va s'endormir sous leurs caresses.

- Ouais, t'as p't-être raison.

- J'ai une idée ! dit fièrement le droit. On lui crée un sentiment de mal-être. Il va nous retirer de cette prison, tu vas voir ! Je te parie une douche pour demain.

- Je tiens le pari. »

Toujours le récit en main, je retrouve la page où je m'étais arrêté précédemment. Me voilà replongé dans la scène.

"*Mes doigts découvrent son anatomie avec impatience, maladroitement mais sûrement. Je les laisse parcourir, effleurer. Je ressens le bien-être que cela lui procure. Sa main continue de me donner des petits soubresauts de râles silencieux. Je n'ose pas m'aventurer en elle. Je ne sais pas si c'est le moment. Cet échange d'attentions corporelles est trop bon. Mes lectures, les films et bien d'autres choses ne disent rien des temps appropriés. Je dois le découvrir par moi-même. Je comprends que l'on apprend les bases par d'autres, mais que l'action n'appartient qu'à soi.*

Mes mains se baladent sur son corps. La peur m'envahit. Stressé, je n'arrive pas à aller au-delà. Je ne peux pas refaire les mêmes gestes pendant quatre heures. Il faut que je prenne la décision d'aller plus loin. Quel risque ! Mon esprit est encombré par toutes ces questions. Je panique intérieurement. Je bande toujours. Si j'écoutais le diable qui est en moi, je la plaquerais sur le lit et je la pénétrerais directement. Mais je ne suis pas le diable, je suis juste dans la merde. Certes c'est une merde agréable, si je puis dire. Elle non plus ne prend pas d'initiative. Je sais pas moi. J'ai envie de lui dire : suce moi, branle moi..."

- La fatigue a eu raison de notre jeune psy. Il s'est endormi comme une masse. Son seul élan héroïque, avoir délivré ses pauvres pieds. Les ronflements chantent : "Nous sommes les rois, tu es à nos pieds. Dors, dors." La fatigue l'a vaincu. Il est parti dans un rêve féerique. Son subconscient lui repasse le film des lignes qu'il a dévorées, ces derniers jours. Il est vraiment temps qu'il se trouve une compagne. Mais lui seul peut décider. Je n'ai pas le pouvoir de le faire à sa place. Je ne veux pas l'obliger à aller contre sa volonté. La nuit le berce jusqu'au petit matin. -

CHAPITRE 8

- Il ouvre les yeux sur son salon. Il n'est pas tout à fait réveillé. Il s'assoit sur le bord. Trop prés du bord. Vlan !

« Et merde ! s'exclame t-il en se relevant.»

Il est mieux réveillé maintenant. Il sourit de sa chute et se dirige vers la cuisine pour déjeuner. Le maudit manuscrit qui l'envoûte est toujours sur le sol, mais pas pour longtemps. À peine après avoir pris son café, il revient sur le canapé et reprend sa lecture.-

"Je *relève la tête et l'embrasse. Ma langue la pénètre de plaisir. De mes mains, de mes bras, de tout mon corps, je l'entraîne vers la position allongée. Toujours plaqués bouche contre bouche, je demande à mes doigts d'aller explorer plus en profondeur. Hésitant à répondre à cet ordre, mon bras droit se déplie le long de son corps. Ma main arrive à la hauteur de sa douce minette. J'y pose mes doigts tremblants. Je retire ma langue de sa bouche. Mes lèvres descendent de nouveau sur sa poitrine, rappelant certainement un vieux souvenir d'enfance. Je ne contrôle plus ma main. Instinctivement, elle dirige mes doigts. Je les sens la pénétrer. Je la doigte. Je la doigte. Je n'y crois pas, je la doigte. J'ai osé ! Pourtant, cela ne me procure aucune sensation. Mais je ressens en elle, la chaleur que cela lui procure. Des petits "hum" à peine audibles commencent à s'échapper. Je suis entrain de la masturber. J'ai vu ça dans les films interdits au moins de dix-huit ans. Je la sens se tortiller sous l'action de mon majeur. Elle me caresse de moins en moins. Peut-être que je la tétanise de plaisir. Ses gémissements redoublent. Je suis gêné, mais heureux de lui faire du bien."*

Ouh la ! Il faudrait peut-être que je me prépare. Je dois passer chez l'artisan pour ma plaque. J'ai donné rendez-vous à ce jeune entrepreneur pour qu'il la pose. Je suis vraiment déconnecté de ma vie à cause de cet écrit. Il faut que je me ressaisisse. Allé hop ! La douche !

« Tu vois ! J'te l'avais bien dit qu'on gagnerait une douche !

- Trop fort, M'sieur droite !

- Merci M'sieur pied gauche.»

- On entend la paume déverser une avalanche

60

de gouttes. On peut aussi l'entendre fredonner. Si, si ! Approchez votre oreille de la page. Écoutez ! Il essaie de chanter "Sous le vent". Bon, c'est vrai, on entend juste quelques vocalises à faire fuir. Même les psys chantent sous la douche, à croire que c'est thérapeutique. Il vient d'arrêter le robinet. il sort et se sèche. Puis, il s'habille. Je vous passe les détails car il serait malsain de l'espionner.

Enfin, la porte de la salle de bain s'ouvre. Il sort en tenue bon chic bon genre. Un costume noir, une chemise parme assez pastel, et des chaussures sombres. -

Quelle heure est-il ? 8 heures 30. Je file chez l'artisan en vitesse. Je dois y être pour moins le quart au plus tard. Comment moi, qui habituellement suis quelqu'un de ponctuel, ai-je pu changer en si peu de temps ?

Après avoir récupéré mon bien, soit dit en passant, une vraie réussite, je file directement à mon cabinet, car l'ouvrier m'attend. Quelle vie ! À peine arrivé, je lui saute dessus.

« Bonjour ! Voici la fameuse plaque ! Je vous prépare un café, pendant ce temps ? »

Surpris, il acquiesce sans un mot. Je rentre dans

mon antenne psychologique. Mon esprit divague sur la possible suite du roman de Fabien. Du coup, je verse le café moulu à côté du bac prévu à cet effet.

« Et merde ! Quel maladroit ! »

Je recommence l'opération, avec succès cette fois. J'appuie sur le bouton marche de la machine. En attendant qu'il coule, je ramasse les dégâts. Après ça, je retourne auprès du travailleur. Il a presque fini de poser ma plaque. Bonne hauteur et bon niveau.

« Voilà le travail. Je vous envoie la facture ?

- Oui, mais je vous règle de suite. Comme ça, c'est fait.

- Comme vous voulez, M'sieur ! »

Après qu'il ait balayé et donné un petit coup de nettoyage sur la plaque, nous rentrons à l'intérieur. C'est une personne soigneuse, une bonne chose. Une fois dans mon bureau, je m'aperçois que le café ne coule pas. Forcement, l'eau est toujours dans le pichet donc le réservoir de la machine est vide. Je me dépêche de le remplir. L'homme sourit. Il doit me prendre pour un allumé. Puis, je sors mon chéquier, remplis le chèque au montant convenu et le lui tends. Perdu un instant dans les souvenirs du roman de Fabien, je ne fais pas attention à l'entrepreneur qui insiste pour attirer mon attention.

« Merci pour le chèque, me dit-il quand je m'intéresse à lui, mais sans votre signature, il ne me sert à rien !

- Oups ! Désolé ! »

Une fois tout réglé, le café bu, l'ouvrier prend congé. J'attrape mon téléphone et je compose le numéro du cabinet du Docteur Lemolle. Au bout de deux sonneries, la secrétaire répond.

« Bonjour Madame. Markus De Laforst, Psychologue. Je souhaiterais parler au Docteur Lemolle, je vous prie.

- Bonjour Monsieur. Le docteur Lemolle n'est pas encore arrivé. Souhaitez-vous laisser un message ?

- Oui. Dites lui que lui faxerai tout ce qui concerne la conférence. J'ai un imprévu aujourd'hui et je ne pourrai pas assumer notre rendez-vous.

- Bien, Monsieur, c'est noté.

- Merci. Au revoir, Madame.

- Au revoir. »

Je raccroche et je retourne chez moi car j'ai oublié ma pochette des « bites en grève ».

CHAPITRE 9

Je suis devant chez moi.

« Mais où sont mes clés, me dis-je en parcourant l'ensemble de mes poches. Ah ! Les voilà ! »

À l'intérieur, j'attrape ce satané futur bouquin. Dés que ma main le saisit, je ne peux m'empêcher de l'ouvrir. Me voilà reparti dans les profondeurs du pêché originel.

"Si je retire mon doigt, elle va être dégoûtée, me dis-je en souriant. Avec douceur, je continue mon ascension du plaisir. Elle gémit de plus en plus. Je ralentis. Ses râles diminuent dans le même sens. Je me retire en douceur de son plaisir tout en continuant à caresser son corps de mon autre main et de titiller ses tétons."

Assez ! Assez ! Il faut que je travaille ! La conférence est plus importante pour mon avenir que ce fantasme illusoire. Je reste chez moi. J'attrape mon ordinateur portable et je me lance. Il me faut deux heures pour arriver à bout de la présentation. Tout ça pour deux pages écrites. Bon, plus qu'à faxer le document à tous les destinataires. Voilà, c'est chose faîte ! Ouf ! Je peux enfin me concentrer sur mon site d'aide. J'ouvre la page. De nouveaux messages m'attendent. Je lis le premier.

"Cela fait de nombreux mois que je suis avec mon copain. On est toujours aux préliminaires. Je ne sais pas ce qu'il se passe. Nous commençons à tourner dans une véritable spirale de l'échec. Dès qu'on arrive au moment propice de l'accouplement, plus rien ! Son sexe devient tout mou, ce qui est très frustrant, tant pour lui que pour moi. Il est encore puceau et la seule explication qu'il me donne est le stress. Pourtant, nous sommes très amoureux, et nous avons, presque à chaque fois que nous nous voyons, des préliminaires très poussés, mais rien d'autre.

J'ai pu constater, en lisant d'autres articles, que la panne de la première fois est très fréquente. Mais je m'inquiète vraiment car cela nous arrive à chaque fois au moment propice. Pourtant Monsieur a l'érection assez facile. Quand il sait que je n'ai pas envie, il est excité et n'a pas peur car il sait que rien ne va se passer. En revanche, quand je finis par être excitée à mon tour, plus rien de son coté... J'ai peur que notre couple ne supporte plus. Moi même, je ne suis pas rassurée quand arrive le moment. J'ai peur que cela revienne et c'est ce qu'il se passe à chaque fois. Je ne sais pas quoi faire pour le rassurer, qu'il se sente vraiment bien et qu'il n'ait pas peur. Je ne sais plus quoi faire du tout, car cela dure depuis le début... Que doit-on faire ? Aidez-nous, SVP !!!"

Il est dur de ne pas réagir et de se terrer, mais j'ai bien précisé que mes réponses ne seraient données qu'à l'ouverture de mon cabinet. Alors dans l'attente, je réponds un message identique à chacun. J'ai juste rajouté un mot pour la conférence.

"Je viens de lire votre message et j'ai bien compris votre souci. Je vous laisse, ci-après, mes coordonnées pour un entretien qui vous permettrait d'en parler en présence de votre ami. J'essaierai d'apporter une solution à votre couple. Je vous invite à venir à ma conférence qui aura lieu ce vendredi six mars à vingt heures, Amphithéâtre P à l'université de Clermont Nord. Le Docteur Lemolle, sexologue et Monsieur Ladure, psychologue du couple seront présents. Et bien sûr, moi-même, Markus De Laforst, psychologue spécialisé dans les problèmes liés à l'érection. Je vous remercie de votre passage. À très bientôt."

Et je réponds ainsi sur une trentaine de messages en n'oubliant pas d'ajouter mes coordonnées. Mon imagination s'ouvre sur une pointe d'ironie. Une vrai manifestation des parties génitales masculine qui se rebiffent face à la recrudescence de la veuve poignet et le superflu d'images pornographiques. Bientôt il n'y aura plus que des lesbiennes qui s'amuseront. Je m'amuse à imaginer ce cliché. Enfin pas trop quand même car les murs des lamentations ne seraient plus accessibles. Alors levons-nous et battons-nous contre ce fléau, pour que l'homme retrouve sa virilité. Je délire un peu. Ça me fait du bien de rire. Un peu d'humour noir redonne des couleurs. Alors, où en suis-je maintenant ? Ah oui ! Ai-je bien envoyé le texte au journaliste ? Après vérification, je suis rassuré. Je n'ai rien oublié. Il me reste à emmener les deux cartons de livres pour finir la bibliothèque de mon bureau. Où est-ce que j'ai mis ce truc à roulette, le diable ?

Ah oui ! Dans le cagibi ! Je vais le chercher et je pose mes cartons dessus. Je n'ai plus qu'à le pousser jusqu'au bureau. J'attrape mes clefs et me voilà parti.

« Merde ! Le dossier "Bites en grève" ! J'ai failli partir sans. »

Je reviens à l'intérieur, je prends le dossier et je pars. La descente des escaliers ne se fait pas sans peine. Mais le principal est d'y arriver. Ça me rappelle un film « La traversée de Paris. » Une fois en bas, je marche tranquillement pour arriver à destination sans encombre. J'arrive dans mon bureau. Je prends le premier carton et je l'ouvre. Un par un, je sors les livres et les entrepose dans la bibliothèque. Je fais de même avec le second. Elle commence à prendre vie cette pièce. Je m'assois derrière mon bureau et je fais une mise au point de ce qu'il me reste à faire.

Après une demi-heure de classement, tout est en ordre, enfin prêt. Je regarde mes mails. Beaucoup sont des pubs. Qu'est-ce que c'est casse-pieds ! Ah ! J'ai un mail du journaliste.

"Monsieur De Laforst. J'ai bien reçu le planning de la conférence. Comme convenu lors de notre rencontre, je vous adresse, ci-joint, l'article qui paraîtra demain.

Je vous laisse en prendre connaissance. Cordialement."

Il faut que je le télécharge. C'est ce moment, que choisit mon ordinateur pour ramer. C'est toujours quand on a besoin de l'informatique, que ça se met à déconner ! Quelle galère ! Ah ! Voilà ! Je l'ouvre.

"Quand l'érection va mal !"

Ah ! Bien trouvé le titre !

"Une conférence suivie d'un débat sur le premier désarroi de la sexualité masculine : la panne. Un fléau qui touche de plus en plus de monde, de l'adolescence à l'âge avancé. Lors de cette soirée, un médecin sexologue et deux psychologues animeront les débats pour éclairer et apporter des solutions de base. Bien entendu, les réponses ne peuvent être données qu'au cas par cas, car la source du mal est individuelle. La conférence est ouverte à tous.

D'après Monsieur De Laforst, un des deux intervenants psychologiques et initiateur de ce projet, ce problème ne touche pas uniquement l'homme, mais le couple. Les femmes se sentent aussi concernées par les troubles de leurs compagnons.

La séance se déroulera Amphithéâtre P à l'Université de Clermont Nord à 20 heures ce six mars. L'entrée est gratuite."

Je rédige une réponse. Son article est très bien et je le remercie. Tout est en ordre maintenant. Je vais faire quelques courses. Faute d'être deux, je suis de corvée. Après avoir parcouru les rayons et rempli mon caddy, sans oublier de vider mon portefeuille, je rentre chez moi. Je range mes achats dans les placards et je prends un café. Je m'étale sur le canapé. Je regarde le manuscrit ouvert là où je l'ai laissé. Je résiste pour ne pas m'évanouir dans ses pages. Peine perdue, je l'ai déjà entre les mains.

"Sa main revient caresser mon sexe. Je la tiens, elle est à ma merci. Les miennes ont accaparé ses beaux seins. Je les malaxe de plus en plus fermement. Mon érection est au beau fixe. Je commence à lui lécher le corps. Elle pousse des petits couinements. Elle aime. Je me sens plus fort. Ma tête se laisse tomber jusqu'à sa chatte. C'est irrésistible ! Pourtant je me sens vraiment

comme un gamin perdu. J'ai peur du nouveau, je n'ai pas de repères. Pourtant j'y vais comme si j'étais obligé.

Son odeur me nargue. J'espère qu'elle s'est lavée, sinon, c'est mon coup de grâce. J'arrive à sa hauteur et ma langue pendue se jette dessus. J'essaie de reproduire les images que j'ai en tête des films qui m'accompagnent généralement dans mes branlettes. Le goût n'est pas de bonne augure. Pourtant j'y reste. Maladroitement, ma langue tourne comme une débroussailleuse. Je l'écoute, elle gémit. Je ne sais plus comment on appelle cet acte. Peu importe, je n'ai pas le temps d'y réfléchir. Mes deux mains se baladent sur son corps. Ma bite, je la sens dure. Elle n'attend qu'une chose, s'assouvir en se faisant du bien. Elle n'attend que ça. Elle veut foncer et moi je suis terrifié. Le monde à l'envers."

CHAPITRE 10

Toc, toc ! Tiens ? Qui peut frapper aujourd'hui ? Je n'attends pas de visite. Je pose ma lecture doucement par peur, peut-être, d'effacer les lignes. Je me dirige vers la porte d'entrée et j'ouvre.

« Bonjour ! Je suis votre voisine. Je viens vous souhaiter la bienvenue.

- Bonjour ! Merci c'est gentil ! J'avais prévu de faire le tour pour m'annoncer.

- Alors, vous êtes psychologue ?

- Oui, c'est exact. Mais je débute.

- Il faut bien commencer ! dit-elle avec un sourire. Je suis infirmière libérale. Soyez le bienvenu parmi nous.

- Merci, c'est agréable !

- Vous êtes dans quel domaine de la psychologie.

- J'ai choisi une branche spécifique de l'homme. »

Pas facile de dire l'intitulé exact de ma branche à une si jolie femme.

« C'est très intéressant !

- Mais entrez donc ! Je vais vous faire visiter.

- Je ne veux pas vous déranger.

- Vous ne me dérangez aucunement, bien au contraire, me dis-je. Non, c'est avec plaisir, répondis-je, peut-être que dans l'avenir, je pourrais avoir besoin de vos services.

- Avec plaisir ! Je ne suis pas loin.

- Entrez, je vous en prie.

- Merci. »

C'est une belle infirmière. Brune, les yeux bleus et de grandes jambes, sur un corps un peu enrobé. Un sourire sensiblement alléchant. Je ne reste pas indifférent. Je lui fais visiter l'ensemble de mon cabinet et je finis par mon bureau de consultation.

« Voilà la maison, qu'en pensez-vous ?

- C'est très accueillant.

- Je vous remercie. Puis-je vous proposer un café ?

- Avec plaisir. »

Je le prépare et je mets en place les tasses et ce qui va avec.

« Vous avez une jolie bibliothèque ! J'aimerais la regarder de plus près, j'aime lire.

- Je peux même vous en prêter si cela vous

intéresse.

- J'en serais ravie !

- Moi aussi j'aime lire. En ce moment, je lis la maquette d'un confrère. Elle me plonge dans l'univers qui touche mes patients.

- Ah oui ? Ça parle de quoi ?

- C'est l'histoire d'un jeune homme et de sa première rencontre avec l'amour. Il est timide. Avec autorisation de l'auteur, je vous inviterai à le lire, si vous le souhaitez.

- Très intéressant ! Quand sort-il en librairie ?

- Pour le moment, je ne sais pas. Je dois le lire pour lui donner mes impressions.

- Je serai patiente alors.

- Remarquez, je peux voir avec lui. S'il accepterait de vous le communiquer. Ainsi, il aurait un avis féministe sur le sujet. Ce ne pourrait être que bénéfique.

- Si votre confrère l'accepte, je me ferais un plaisir de le lire et de lui donner mon ressenti. » Je sers le café.

« Vous êtes installée ici depuis longtemps ?

- Cela fait un an. Je n'ai pas été très bien acceptée au début car les autres résidents sont de l'ancienne époque. Ils ont du mal à accepter les nouveaux venus. Vous le découvrirez par vous-même.

- Merci pour cette information ! »

Le café terminé, je lui propose de repasser quand elle veut, que je serai toujours très accueillant. Elle accepte et me renvoie la pareille. Je la raccompagne sur le seuil et nous nous quittons. Cette rencontre m'a fait du bien. C'est une charmante personne.

- Notre cher psy, serait-il tombé sous le charme de cette demoiselle ? Il ne le sait pas encore mais elle est célibataire depuis un an, bien que ..., et elle a un petit garçon de six ans, Léo. Il se rend compte qu'il ne lui a pas demandé son prénom. Ni elle, d'ailleurs. Il ne sait pas non plus que cette jolie dame n'est pas restée indifférente. Quand l'amour se porte à notre vision, le regard apporte un changement dans la relation. Ils sont tous les deux pris d'un sentiment étrange depuis cette rencontre. Je ne veux pas intervenir dans leurs vies respectives, mais je crois que leur destin va devenir un croisement unique. -

Je retourne à mon bureau et reprends l'activité entreprise avant cette perturbation impromptue, tout de même assez délicieuse. Mais je n'arrive pas à reprendre le fil de l'histoire. Je suis déconnecté. Mes pensées sont floues. Je n'accroche plus pour le moment. Je vais passer à autre chose et j'y reviendrai plus tard. Je vais appeler Fabien.

« Allo, Fabien ? C'est Markus, à l'appareil.

- Bonjour Markus ! Comment vas-tu ?

- Très bien, merci. Dis-moi, je me permets de te déranger cinq minutes car je viens de faire la connaissance d'une voisine de mon bureau.

- Au moins, tu as rencontré une personne autre que la concierge !

- C'est certain ! Cette visite était très intéressante si tu vois ce que je veux dire.

- Elle est si ravissante que ça ?

- J'avoue qu'elle est très agréable à regarder. De plus, elle a un atout. Elle a la passion de la lecture, petite chose qui nous rapproche. Je lui ai parlé de ton manuscrit. J'ai pensé qu'un avis du sexe opposé pourrait être intéressant pour toi. Qu'en penses-tu ?

- Heu ! À vrai dire, je n'y ai pas pensé mais je crois que tu as raison. Un avis supplémentaire et de plus un avis de femme, me paraît excellent. Je te l'envoie en PDF. Tu n'auras qu'à lui passer celui que tu as.

- Je te remercie, je m'en occupe dès que je la revois.

- Merci en tout cas ! Je te laisse. Je vais prendre mon prochain rendez-vous.

- Ok ! À plus et merci encore. »

Bon ! Ça c'est fait. Je vais attendre un peu pour lui emmener. Je ne veux pas l'étouffer. En attendant, je vais passer l'annonce pour une femme de ménage. Je me rends sur le site de l'emploi pour étudiants.

"Cherche personne sérieuse pour le nettoyage d'un cabinet de psychologie. Travail du lundi au vendredi, matin ou soir, avant ou après la fermeture. Exigences : être soigné et autonome. Salaire à négocier avec l'employeur. Laissez vos coordonnées, vous serez rappelés ultérieurement."

Je vais imprimer l'annonce. Comme ça, je la mettrai aussi à l'université. Je vais aussi voir avec la concierge. Peut-être connaît-elle des personnes qui cherchent du travail. Tiens, j'y vais sur le champ et en passant je vais laisser le manuscrit à Madame heu... Je ne sais même pas son nom. J'enfile ma veste, je prends le manuscrit et je sors. Une fois devant l'entrée du cabinet, je me dis que je vais lui demander son prénom pour faciliter nos échanges. Je rentre. Face à moi, un bureau d'accueil avec une secrétaire d'un certain âge.

« Bonjour Madame ! Je voudrais laisser ce manuscrit à l'attention de l'infirmière.

- Bonjour Monsieur ! Je veux bien prendre réception de votre document, mais à quelle infirmière est-il destiné ?

- Heu ! À vrai dire, je ne sais pas son nom. Je suis Monsieur Markus De Laforst, psychologue. Je viens de m'installer.

- Je sais Monsieur. Je pense qu'il s'agit de Claire Delasenteur, car elle nous a parlé de vous tout à l'heure.

- D'accord ! Pourriez-vous le remettre à Madame Delasenteur, alors ?

- Avec plaisir !

- Merci Madame.

- Mais je vous en prie. »

Je me dirige vers la loge de la concierge. Claire, c'est un joli prénom et il lui va bien. Je frappe trois coups.

La porte s'ouvre.

« Bonjour Madame !

- Bonjour Monsieur De Laforst. Comment allez-vous ? Et cette installation ?

- Très bien, merci. Je me permets de venir vous voir car je cherche une personne pour l'entretien de mon cabinet. Je pensais que, peut-être, vous connaissiez quelqu'un.

- Je connais une personne, en effet, qui pourrait être intéressée.

- Ah oui ? Je serais ravi de la rencontrer.

- Vous voulez qu'elle vienne vous voir vers quelle heure ?

- Je suis dans mon bureau. Elle peut venir quand elle veut. Comment s'appelle cette personne ?

- Anna, Monsieur De Laforst, c'est ma fille.

- Parfait ! Je serais ravi de la rencontrer alors.

- C'est gentil. Je lui en ferais part dès qu'elle rentrera.

- C'est parfait ! Je vous remercie. Au revoir.

- Merci pour elle, Monsieur. Au revoir. »

Je quitte la loge pour rejoindre mon bureau.

CHAPITRE 11

Assis confortablement devant mon écran, je regarde mes mails, voir si Fabien m'a envoyé le manuscrit en PDF. J'aimerais bien continuer ma lecture. Je fais défiler ma boite de réception. Que de mails ! Plus de pubs qu'autre chose. Ah ! Voilà celui qui m'intéresse. Je le télécharge sans plus attendre. Le fichier est à peine ouvert que je descends le curseur pour reprendre le fil de l'histoire, là, où je l'avais interrompue.

"Je sens l'envie de la posséder monter en moi. Dans ma tête, les choses se passent toutes seules. Je la couche. Elle m'est offerte. Je la pénètre sans ménagement, pour mon plus grand bien. Il n'est pas question d'égoisme, je la prends un point c'est tout. Seul mon désir compte. Mais ça, c'est dans mon fantasme de jeune branleur. Dans la réalité, je ne suis pas face à une image tant convoitée, mais à une personne en chair et en os. Je ne suis pas le dur que mon esprit me transmet, mais un intimidé solitaire qui se livre à un échange mutuel. Je l'aime Julie. Elle me fait tourner la tête. Je suis

devenu moi-même et esclave de l'amour."

Deux petits coups sourds contre la porte résonnent dans mes oreilles. Je me lève pour ouvrir.

« Bonjour Monsieur ! Je suis Anna. Ma mère m'a dit que vous cherchiez une personne pour du travail.

- C'est exact ! Je suis Monsieur Markus De Laforst. Entrez, je vous prie !

- Merci. »

C'est une jolie fille qui ne ressemble guère à sa mère. Pas très grande avec une silhouette de gazelle, brune, les yeux vert émeraude. Je dirais dans les vingt-cinq ans. Je l'entraîne dans mon bureau.

« Asseyez-vous, je vous en prie.

- Merci Monsieur.

- Le poste que je vous propose est simple. Je n'ai aucune consigne particulière. Je veux juste un entretien quotidien de mes locaux.

- Je sais le faire !

- C'est parfait ! Je vous laisse le choix de l'organisation. Vous travaillez ? Vous êtes étudiante ?

- Non je suis en recherche d'emploi. À quel

salaire pourrais-je prétendre ?

- C'est un contrat CDI de dix heures par semaine à neuf euros et cinquante-trois centimes brut de l'heure, le SMIC, en fait. Ah oui, il y aussi le ménage de mon appartement. Disons, dix heures de plus par semaine.

- Cela me convient. Je commence quand ?

- Alors j'ouvre mon cabinet prochainement mais vous pourriez commencer plus tôt pour la mise en fonction de votre poste. Qu'en dites-vous ?

- Je suis preneuse.

- Bien ! Vous pourriez commencer demain ou après demain comme cela vous arrange. Je vous laisse un trousseau de clefs d'ici et un de chez moi. Je vous montrerai mon appartement quand vous commencerez.

- Je peux commencer dès demain.

- OK ! Va pour demain ! Je vous montrerai donc mon logement demain. Mais vous ne débuterez que la semaine prochaine. Demain, je vous fais signer le contrat d'embauche pour ici. Pour chez moi, je peux vous payer de main en main ou vous déclarez. C'est comme vous voulez. Sachant que si vous préférez la première proposition, je vous donnerai dix euros de l'heure.

- Je vais y réfléchir si cela ne vous ennuie pas. Je viens vers quelle heure demain ?

- Bien entendu. Demain, vous pouvez venir pour neuf heures.

- Merci. Je vous dis donc à neuf heures demain matin. Bonne soirée et merci encore.

- C'est moi qui vous remercie. Je vous raccompagne.

- Au revoir, Monsieur.

Au revoir, Anna. Bonne soirée ! dis-je en refermant la porte. »

Bon, il ne me reste plus qu'à retirer l'annonce passée deux heures plus tôt. L'opération accomplie, je me penche de nouveau sur ma lecture.

"J'ai chaud. Je transpire. Je me pisse dessus, oui. J'ai le trac d'aller plus loin. Je ne sais plus comment m'y prendre. Pourtant, tous les films aux noms bien sonnants m'ont donné un apprentissage virtuel. Et là, je ne sais pas. Faut que je me ressaisisse. Je la caresse depuis une plombe."

CHAPITRE 12

Mon téléphone sonne. Je décroche.

« Allo, Markus ? C'est Fabien ! Je voulais savoir si tu as bien reçu le PDF.

- Non seulement je l'ai bien réceptionné, mais je l'ai aussi livré.

- Tu n'as pas traîné, dis moi !

- Non c'est vrai. »

Un petit rire de fierté se fait entendre.

« Je sais qu'elle s'appelle Claire.

- Tu vas finir par quitter le célibat ! »

Ils rient tous les deux de cette remarque.

« Fabien, j'ai aussi trouvé ma femme de ménage. Entre nous, je ne dormirais pas dans la baignoire, c'est clair.

- Tout à fait clair. »

Un fou rire se mélange dans le combiné.

« Monsieur a de l'humour aujourd'hui.

- Il en faut bien un peu, non ?

- Tout à fait, tu as raison. Au fait, tu es invité par Raymonde pour dîner demain soir. Tu ne peux pas refuser !

- OK ! Vers quelle heure ?

- 19 heures 30.
- D'accord, je note.
- Bonne journée. À plus.
- Ciao. »

À peine raccroché, je suis appelé à la porte.

« Je voulais vous dire merci pour la lecture. La secrétaire m'a dit quelle était embêtée car vous ne saviez pas mon nom. Nous sommes cinq infirmières.

- C'est exact, Madame Delasenteur. Mais maintenant, je le sais. Puis-je vous inviter à dîner ce soir ?

- Vous pouvez m'appeler Claire. Heu ! C'est-à-dire que je...

- Avec plaisir, Claire. Appelez-moi Markus. Je suis désolé je ne savais pas que vous étiez accompagnée dans la vie. C'était histoire de faire connaissance.

- Non cela n'a rien avoir. C'est simplement que je ne m'attendais pas à ça. Mais j'accepte.

- Parfait, disons 19 heures 30, devant la porte cochère ?

- J'y serai. À ce soir alors. »

Elle repart et se retourne.

« Je ne suis pas accompagnée dans la vie, me

dit-elle. »

Puis elle reprend sa route. Je suis enchanté de sa dernière parole. Je vais fermer la boutique « Les maux cérébraux » pour rentrer chez moi. Un peu plus tard, je marche dans la rue, essayant de comprendre le sous-entendu de Claire. Poum !

« Je suis désolé. J'étais dans mes pensées. Je ne vous ai pas fait mal, j'espère ?

- … »

Voilà que je parle à un poteau, maintenant ! C'est grave docteur ? Je reprends ma marche, direction chez moi. J'y arrive sans autre obstacle.

CHAPITRE 13

Je me déchausse.

- Enfin, il pense à nous. On a failli mourir noyés, dans les faits divers de Sensorialité. Vous auriez pu lire "Deux braves pieds, porteurs du psychologue De Laforst ont été retrouvés noyés sous le poids de l'enfermement." Je vous rassure, on reste accrochés à lui et on a retrouvé vie à notre sortie. -

Je m'installe directement sur mon canapé avec mon ordinateur. Je l'allume. Il me reste deux petites heures avant mon rancard. J'ouvre le fichier et retrouve la ligne pour reprendre le cours de l'histoire.

"*Je me redresse et j'approche mes lèvres de son cou. Je lui souffle doucement dessus, elle pousse des petits "hum" de plaisir. Ma langue finit par sortir pour la titiller. Le miel d'envie me redonne le goût d'entreprendre de nouvelles caresses.*"

Je ne suis plus dans l'histoire, mon esprit est ailleurs. Je referme le fichier. Je vais boire un jus de fruit. Je me rassois et j'éteins l'ordi. Je prends ma pochette des « bites en grève ». Peine perdue, je n'arrive pas à me concentrer. Je la repose et me dirige vers la salle de bain.

- Là, silence radio, rien ne filtre de l'intérieur, même le robinet qui coule se fait muet. Il est en mode épris et ne sait plus diriger ses pensées. Il est perturbé. Est-il amoureux ? Notre psy est-il aveuglé par cette Claire. Il se fait des films peut-être, car la douce infirmière ne lui a laissé qu'un semblant de sensation. Un coup de foudre ne serait-il pas à l'origine de ce manque de concentration ? La porte s'ouvre enfin sur notre Markus. Il est bien habillé. Il est vrai qu'on dirait plus Brad que, enfin, vous savez. -

Je vais appeler ma mère.

« Allo, Maman ? C'est ton fils.

- Je reconnais ta voix Markus !

- Je t'appelle pour te demander un conseil.

- Je t'écoute. Je te dirais si je peux te répondre.

- Voilà ! Depuis mon enfance, tu me dis que je… que je sens des pieds. Ce qui est vrai. Aujourd'hui, je veux m'occuper de ce problème. Que faut-il que je fasse ?

- Mon grand, je suis ravie que, enfin, tu réagisses ! Mais tu connais déjà le remède, non ?

- Je ne sais pas. Je ne sais plus. Aide-moi !

- Mets du talc dans tes chaussettes. Mais dis-moi, ce changement au bout de tant d'années, n'est-il pas dû à une ren… ?

- Maman ! S'il te plaît ! Je te dirais, mais pas de question maintenant, OK ?

- Bien mon fils. »

Dans l'appareil, on peut entendre une voix sourde :

« Il a enfin trouvé chaussure à son pied ? »

Le rire moqueur du père résonne.

« Maman, j'entends Papa. Que dit-il ?

- Rien, il me demandait si tu venais manger samedi midi.

- Ah d'accord ! Dis-lui que je serai présent.

- Bon. Sinon, comment vas-tu ?

- Bien Maman. Je te laisse, bisous.

- Bisous mon fils, on t'aime.

- Moi aussi, je vous aime. »

Une fois raccroché, je fouille dans l'armoire pharmaceutique, à la recherche de mon Graal. Rien ! Je dois aller à la pharmacie. Je cherche une paire de chaussures que je ne mets pas souvent. Bon, d'accord, qui ne sentent pas ! Je prends une paire neuve que je n'ai jamais portée et je descends au centre ville. Je m'arrête devant la croix verte et je rentre.

« Bonjour Monsieur !

- Bonjour ! Je voudrais du talc.

- Nous l'avons en brique ou en flacon.

- Heu !... Flacon.

- Voilà, cinq euros cinquante.

- Je voudrais une boite de préservatifs, dit-il d'une voix à peine audible.

- Quelle marque ?

- Celle que vous me présentez.

- Bien. Il vous faut autre chose ?

- Non c'est tout.

- Sept euros cinquante. »

Une fois payé et sorti du magasin, je me demande pourquoi j'ai acheté ces capotes. La question reste sans réponse.

- Peut-être que, pour une fois, son cerveau se retrouve dans son caleçon. -

Je rentre chez moi. Je pose mes chaussures et mes chaussettes. J'ouvre le flacon et je verse la poudre. Je remets mes couvre-pieds. De vrais drogués ! Ils ont encore des traces de snif. Une fois bien dans ses baskets, on est bien dans sa tête. D'après cette expression, tout devrait aller pour le mieux. Avec tout ça, le temps a tourné. Il me reste à peine une demi-heure devant moi. Je l'avoue, je stresse. Vingt-cinq minutes plus tard, je suis fin prêt. Je vérifie que je n'ai rien oublié. Tout en poche, je me dirige vers mon lieu de rendez-vous.

Je suis devant la porte cochère et je marche sur place. J'attends. Il reste deux minutes avant son arrivée. Une minute passe. Que fait-elle ? Cinq minutes. Je m'impatiente. Dix minutes. Là voilà qui arrive enfin.

« Salut ! Désolée pour le retard.

- Salut ! Non, ce n'est pas grave.

- Où m'emmenez-vous ?

- Je vous propose un restaurant Italien.

- Charmant ! Je vous suis. »

- Ils marchent côte à côte. Ils discutent médical. Quoi de plus normal vu leur profession ? Notre pauvre psy ne le sait pas encore, mais son achat lui sera bientôt utile, car notre infirmière a une idée très précise concernant la suite de la soirée. Installés dans le restaurant, leur table ne représente que le romantisme. Un savoir faire à l'italienne. Markus n'y prête pas vraiment attention mais notre belle, elle… Notre psy se sent décontracté pour le moment. Les discussions vont bon train, si je puis dire ainsi. J'ai pris soin de ne pas relater la fin du repas pour préserver leur intimité. Je ne voudrais pas foirer le plan de… Sur le trottoir, à la sortie du restaurant, il propose à Claire de venir boire un dernier verre. Elle ne refuse pas.

Durant le trajet, Claire parle du roman de Fabien. Elle lui communique ses impressions plutôt positives. Elle a aimé. C'est une histoire qui touche tout le monde. Elle lui avoue avoir eu du mal à décrocher pour vaquer à ses occupations. Il l'écoute sans un mot, à part des hum ! Ah ! Oui ! Pire qu'un récit de couche. Quand ils arrivent dans son appartement, la porte se referme. Depuis plus rien. Plus de son, plus d'image. Je suis face au tableau que rencontre rarement un narrateur. Ce n'est pas le syndrome de la page blanche mais celui du voyeur sans vue.

CHAPITRE 14

Huit heures, la porte s'ouvre enfin. Je pénètre avant qu'il ne sorte. Personne ! Il est seul. Est-elle encore au lit ? Ça fait bien un narrateur qui ne tient plus ses personnages ! -

Je prends mon sac poubelle pour le laisser à la benne, en passant. Dans la rue, ce matin, le quotidien est en marche. Je me sens encore emporté par ma soirée. Un autre univers. Est-ce le début d'une autre vie ? Je ne sais pas mais je voudrais dire à mon créateur de faire en sorte que cette soirée se concrétise.

J'arrive sous le porche. Je fais un petit signe pour dire bonjour à la concierge. Puis, j'emprunte l'allée pour rentrer dans mes locaux. Je cherche les clés dans mes poches. J'entre, ouvre les persiennes, et prépare le café. Je m'installe à mon bureau, j'allume l'ordinateur, puis l'imprimante pour sortir sur feuille les derniers messages du site. Je me relève pour attraper ma tasse. De retour, je lance la machine qui commence déjà à cracher les premières pages. Dring, dring… C'est sûrement Fabien !

« Allo ? Markus ? Comment vas-tu ?

- Bien et toi ?

- Ça va ! Je viens aux nouvelles de ta soirée. »

Un petit rire de curiosité se fait entendre.

« Oui je vais te dire ça. »

Toc toc !

« Attends on frappe.

- Entrez !

- Bonjour Monsieur, c'est Anna.

- Bonjour Anna ! Comment allez-vous ?

- Ça va merci.

- Je vous montre le matériel. Si ça ne suffit pas, vous irez acheter ce qu'il faut.

- Bien Monsieur !

- Appelez moi Markus.

- Entendu.

- Regardez dans le placard et revenez me voir dans mon bureau.

- Bien Monsieur ! Heu, Pardon ! Markus.

- Allo, Fabien ? Désolé, ma femme de ménage vient d'arriver.

- Où en étions-nous ?

- Je te demandais pour ta soirée.

- Ah oui, c'est juste ! Je l'ai emmenée chez

l'italien, puis boire un dernier verre chez moi.

- Oui et ensuite... ?

- La curiosité n'est-elle pas un défaut, cher confrère ?

- Non, on est amis ! Ce sont des petits secrets que l'on peut partager, non ?

- Oui, c'est vrai que nous le sommes. Je voulais juste te charrier. Je te raconte ma fin de soirée, mais tu le gardes pour toi. Une fois chez moi je lui ai proposé un verre et nous avons discuté de nos vies respectives.

- Normal quoi ! Et ensuite, dis-moi.

- Je... Attends. Oui Anna ?

- Markus, il me faudrait des produits car j'ai les outils, mais sans détergents je ne peux pas les utiliser.

- Oui je me doute bien. Pour cette semaine, allez au petit magasin, en bas de la rue. Attendez, voici de l'argent et prenez ce qu'il vous faut. N'oubliez pas le ticket pour ma comptabilité.

- J'y vais de ce pas.

- Allo, Fabien ?

- Oui, je suis là. Je vois que c'est prometteur ! Ton employée t'appelle par ton prénom. Je plaisante bien sûr. Alors la suite… ?

- Et bien, tard dans la soirée, je l'ai raccompagnée et elle m'a invité à manger chez elle, demain soir.

- Et tu as accepté ?

- Oui.

- Bon ! C'est bien tout ça ! Tu penses aller plus loin ?

- Je ne sais pas encore mais j'aimerais bien. Je suis attiré comme un aimant. Tu vois ce que je veux dire ?

- Oui. J'appelle ça tomber amoureux.

- Sans commentaire. Bon je vais te laisser.

- Ok, tu me tiens informé. À ce soir !

- Oui, à ce soir. Salut ! »

Où en étais-je déjà ? Ah oui, l'imprimante ! Douze pages de messages, je vais les ranger avec les autres. Encore deux jours avant la conférence, et cinq avant l'ouverture du cabinet. Je suis prêt, je pense. Toc toc ! Anna passe la porte.

« Markus voici la monnaie et le ticket de caisse.

- Merci, Anna. Avez-vous trouvé ce qu'il vous faut ?

- Oui, ma mère m'a donné ce que je n'ai pas

trouvé.

- Vous remercierez votre maman pour moi.

- C'est déjà fait.

- Merci, je vous laisse faire. »

Anna quitte le bureau. Je suis seul. Mon esprit s'envole sur la soirée d'hier et sur celle qui arrive. Claire est une personne charmante, mais son caractère est très fort. Je pense qu'elle veut montrer qu'elle en a.

- Pauvre personnage tu ne le sais pas mais ton analyse est faussée par l'envie que tu as de cette dame. Tu risque de déchanter ! Un conseil prends tes préservatifs si tu comptes aller plus loin demain soir, car... Non je ne te dirai rien. Des fois, il vaut mieux voir par soi-même. -

CHAPITRE 15

La journée va être longue. Je vais lire un peu.

"*Mes mains reprennent à bras le corps leur travail de caresses. Elles passent en revue ce corps qui se laisse emporter. Je ne bande plus. Mon sexe est redevenu dans le mouvement calme. Il est en repos. Je lui soupire des « Je t'aime ». Elle me répond pareil. Elle se lâche enfin. Je sens à peine ses doigts parcourir mon corps. Je frémis, une sorte de chair de poule qu'on aime recevoir. Je ressens le souffle de sa bouche qui se rapproche de mon torse. Hum ! J'aime ! Ça y est, me dis-je. Elle va descendre plus bas, me dévorer le bout, me la prendre en bouche et la déguster. Je mettrai mes mains sur sa tête, pour l'accompagner dans son va-et-vient. Ça fait un moment que j'attends. Oui, vas-y directement. Allez descends, vas-y, descends. Mais non, elle reste dans le secteur des pectoraux. Dois-je lui dire ? Je ne sais pas. Dans mon imaginaire, je voudrais la prendre par les cheveux pour lui dire c'est ça que je veux ! Mais ça, c'est mon intérieur qui le veut.*

Dans la réalité, je ne sais pas trop ce que je veux. Peut-être que je suis vraiment apeuré par la suite. Mais il faut que je le fasse pour le savoir. Je ne voudrais pas qu'elle me prenne pour un mec qui veut juste niquer, un mec qui ne pense qu'à ça.Je la laisse faire. Je continue les mouvements sur la peau de ma muse. Je ne bande toujours pas. Est-ce normal ? Suis-je si pétrifié que cela ? Pourquoi toutes ces questions arrivent maintenant ? Elle s'allonge bien sur le dos, je sens que l'envie commence à lui monter au cerveau. Je sens ses jambes s'écarter pour me laisser le libre accès. Je me rends compte que je ne peux pas reculer devant cette invitation.

Je descends dans son entrejambe. Ma bouche effleure son nombril. Ma langue sort pour goûter la chaleur appelante de ce corps. Je descends plus bas, mon visage se fixe. Ma langue continue de profiter. De ma main droite j'essaie de relancer mon érection. Je sens gonfler mon sexe. Mais rien de prometteur ne se profile. Je n'arrive pas à bander. Maman ! Maman ! À l'aide ! Non pas ma mère ! Suis-je bête ? La honte ! Help help ! Un appel qui ne *sert à rien dans ce cas précis. Je suis dans la merde. Que vais-je lui dire ? Je n'arrive pas à bander ! Je ne peux pas te sauter car je suis nul. Non, il faut que je me reprenne, je vais penser à un film que j'ai kiffé. Peut-être que... Je m'astique le bout depuis dix minutes. Mais, rien de chez rien. Je me sens mal à l'aise. Je me sens ridicule, con quoi !"*

« Monsieur Markus, excusez-moi, mais votre téléphone sonne depuis trois ou quatre minutes.

- Oups, veuillez m'excuser Anna. J'étais emporté par ma lecture.

- Allo ? Monsieur De Laforst à l'appareil !

- Bonjour, c'est Claire ! Comment vas-tu ?

- Ça va et vous ?

- Tu peux me tutoyer ! Je vais bien. J'étais entrain de lire la suite du roman. Je voulais te dire que je suis prise, attirée par le récit. J'aime beaucoup.

- Je lui ferai savoir. J'étais pris dans le bain de cette lecture moi aussi et je n'ai pas entendu le téléphone sonner. Je t'avoue que je me sens emporté tout comme toi.

- Ah oui ? »

On entend son sourire à travers le combiné.

« Je te laisse. Toujours d'accord pour mon invitation de demain soir ?

- Oui bien sur.

- À demain, alors !

- OK ! »

- Notre cher Markus est-il pris dans le tourment du roman ou dans la toile de Claire ? Comment notre jeune psychologue va-il réussir à gérer son âme ? Pour le moment il continue la lecture. -

"Toujours aucune motivation de ma bite. Julie s'impatiente, je le sais. Je me masturbe plus fort encore. Ma main se resserre autour de mon manche. Je ne bande toujours pas. Est-ce que j'étais trop excité avant de passer à l'oeuvre ? Je suis perdu ! Faudrait que j'arrive à lui dire, mais j'ai honte. Dans ma tête, défilent des tonnes de façons pour aborder le sujet mais rien ne sort de ma bouche. Julie, je suis désolé. Je ne pourrais pas te niquer car Popol est en grève pour ce soir. Julie, je ne suis pas en forme car je n'arrive plus à bander. Julie, je suis stressé et mon érection ne vient pas à cause de ça. Julie, je suis tellement angoissé que je

n'arrive plus à faire monter mon sexe pour partager ce moment là. Julie, je suis nul. Je ne maîtrise plus ma bite qui refuse d'obéir. Tant de questions mais aucune réponse en vue. Quant à elle, elle gémit d'envie sous mes coups de langue. Je ne peux pas continuer ainsi toute la nuit. Je suis perdu. Mon esprit cherche la solution. En attendant, moi, je stagne sur mon cunnilinctus. Non ! Ça s'appelle comment déjà ? Merde ! C'est pas vrai ! J'avale même les mots. Putain ! Je m'enfonce doucement dans la déprime ou quoi ?"

« Oui, entrez !

- Markus, j'ai terminé mon travail.

- Bien ! Je sors de suite votre contrat. Vous le lisez tranquillement chez vous, ce soir, et vous me le ramenez signé, demain matin. Il me faudra aussi votre pièce d'identité et votre numéro de sécurité sociale.

- J'ai tous les documents sur moi Monsieur, pardon, Markus. Et je le signe immédiatement. Je vous fais confiance.

- Comme vous voulez. Asseyez-vous, dis-je en me levant pour préparer le café. Je vous offre un café ?

- Oui je veux bien ! Merci !

- Alors cette première journée ?

- Très bien !

- Je suis content que cela vous plaise. Je ne veux pas vous dire de faire ceci ou cela. Je vous laisse gérer votre travail. Je veux seulement que mes clients soient bien reçus dans un lieu propre et neutre.

- Je comprends. Si je peux me permettre, quelques plantes vertes dans l'entrée seraient très agréables.

- C'est vrai. Je n'y avais pas pensé. Demain, vous pourriez aller chez le fleuriste du coin, voir ce qu'il a et vous me ferez livrer votre commande.

- Heu oui, mais si…

- Non, ne dites rien. Je vous fais confiance. Un sucre ou deux ?

- Un demi s'il vous plaît.

- Bien, dis-je en lui tendant sa tasse. Et voilà pour vous. Je vous fais patienter deux ou trois minutes le temps que je sorte votre contrat. »

- Pendant que notre cher psy recherche dans son ordi, le contrat de travail, enfin un exemplaire déjà tout prêt sur les sites .gouv,

Anna boit son café en regardant son employeur d'un œil discret. Elle n'est pas indifférente à son charme. Il imprime le document et prend la carte d'identité de la jeune femme. Il se rend dans la salle d'attente, afin de brancher la photocopieuse et effectue une copie de la pièce d'identité. Il revient dans le bureau et la lui rend. -

« Voilà ! Je le remplis ! Il ne manque que votre numéro de sécurité sociale.

- 2xxxxxxxxxxxx.

- Bien, dis-je en lui tendant le document, je préfère tout de même que vous relisiez et que vous me disiez si les clauses vous conviennent.

- D'accord. »

Je quitte la pièce pour aller aux toilettes. Une fois dans le lieu intime, je pense tout haut. Il faut que je recherche une secrétaire pour l'ouverture, pour les rendez-vous et le téléphone. Puis, je reviens dans mon bureau. Anna a fini de lire, elle m'attend.

« J'ai signé. Tout me paraît bien défini.

- Parfait, je vous déclare aux services de l'URSSAF, dès aujourd'hui. Pour les horaires, je vous laisse gérer à votre guise. Je ne vais pas avoir le temps de vous montrer mon appartement pour le moment. Nous verrons cela par la suite. Ça ne presse pas.

- Pas de souci. Merci Monsi... Markus.

- À demain Anna. Encore une question.

- Je vous écoute.

- Connaissez-vous une secrétaire qui recherche du travail ?

- Si c'est possible, je suis titulaire d'un BTS Assistante de gestion. Je serais ravie d'occuper également ce poste.

- Vous n'avez pas trouvé dans votre branche ?

- J'ai cherché, mais rien ! La plupart du temps, ils demandent de l'expérience et/ou la connaissance de logiciels qui ne sont pas enseignés en cours.

- Je comprends ! Si vous êtes d'accord, je vous prends en contrat CDI en tant que secrétaire. Mais entre nous, vous ferez aussi l'entretien des locaux. Ça vous va ainsi ?

- Oui ! J'accepte de suite.

- Je vois que vous êtes contente et cela me réjouit. Du coup, je sors un nouveau contrat et je déchire l'autre. En attendant, venez voir votre nouveau poste de travail.

- Je vous suis.

- Voici votre bureau. Faites la liste de ce dont vous aurez besoin comme petit matériel. Pour l'informatique, votre poste sera installé et relié au mien. Vous irez voir l'installateur demain matin. Il vend tout pour la bureautique et la papeterie. Vous en profiterez pour faire vos emplettes.

- Je la prépare de suite.

- D'accord ! Comme ça, je finis votre contrat. »

- Tout est en ordre. Anna s'en va, pendant que Markus saisit son exemplaire du contrat pour faire la déclaration d'embauche. La journée passe. Il en a oublié de manger ce midi. Il rentre chez lui pour se préparer. Une heure plus tard, il sort de son appartement afin de rejoindre Fabien. Après une soirée sympathique et une journée surtout occupée à mettre en place les bureaux et l'informatique, Markus s'apprête à rentrer chez lui. Anna s'est appropriée son bureau. Markus est vraiment content de sa secrétaire. Elle est vraiment organisée, consciencieuse et ponctuelle. Après cette journée de travail, où il a pensé sans cesse à son rendez-vous de ce soir, Markus rentre pour se préparer.

CHAPITRE 16

Prêt à rejoindre Claire, il n'oublie pas de regarder dans son portefeuille si la capote est bien là. Je lui conseillerais bien d'en mettre deux ou trois. Il sort de chez lui en ayant pris soin de badigeonner ses chaussettes de talc. Le voilà en route à l'adresse qu'elle lui a indiquée. Il doit marcher quelques kilomètres pour y arriver. Une fois devant, il hésite un instant à sonner. Il finit par appuyer sur le bouton et attend. C'est un interphone, il n'a pas percuté, il a la tête ailleurs. -

« Oui Markus, je t'ouvre la porte du hall, et c'est au troisième, porte de droite.

- ...
- Markus ?
- Oui, pardon ! Je n'ai pas fais attention ! Tu peux répéter, s'il te plaît.
- Troisième étage à droite.
- Ok, merci. »
J'entre et je prends l'ascenseur. Je suis devant sa porte. Une drôle d'odeur me met mal à l'aise. Est-ce mes pompes ?

« Non cela ne vient pas de nous, disent ses pieds en chœur. Pour une fois, tu as pris soin de nous. »

Pourtant l'entrée et le couloir sont propres. Les murs sont entretenus comme il faut. C'est une belle résidence. Je frappe trois petits coups. J'entends ses pas à l'intérieur. La clef tourne et la porte s'ouvre. Elle s'approche de moi et me fait la bise. L'odeur sort de chez elle. Elle m'invite à entrer. Je longe un couloir vert pastel, avec quelques cadres accolés. La poussière est devenue l'amie des tableaux. Nous arrivons dans la salle à manger, une grande pièce au papier peint style enduit ciré de Provence. Je dirais couleur paprika. La pièce est meublée dans un style moderne : une table et quatre chaises se partagent l'espace avec un canapé bordeaux accompagné de sa table basse. Une énorme télévision trône sur un joli meuble. Des photographies se fondent sur les murs. Des moutons se déplacent à chacun de nos mouvements. J'en suis fort étonné de la part d'une infirmière. La propreté est restée devant sa porte. Quant à l'odeur, je n'ai toujours pas pu la déterminer. Peut-être quelle n'a pas de nom. Elle me propose de m'asseoir. J'accepte sans difficulté. Normal, je suis au bord de l'évanouissement. Elle s'éclipse dans la cuisine j'imagine. Elle en revient avec un plateau qui a dû servir pour tous les restos du coin.

Heureusement, le verre qu'elle me tend à l'air d'un joyaux dans cet environnement. Je me demande si je vais pouvoir enfiler mon fil dans son chat quand je vois que les seuls coussins du canapé sont décousus. Elle remplit mon verre de muscadet. Nous trinquons à notre rencontre et elle me demande ce que je pense de sa demeure. Elle est propriétaire. Je lui réponds gentiment que son appartement est assez spacieux et bien agencé. Je ne veux pas lui parler de son intérieur. Je serais moins gentil, je pense.

Je la trouve assez maître d'elle-même, étoffe nécessaire à sa profession. Je me sens tout de même mal à l'aise. Elle se rapproche de moi à chaque point de phrase. Je me sens étouffé. Je lui fais savoir que j'ai chaud. Elle ouvre la fenêtre pour m'oxygéner. Je la remercie comme si je remerciais le bon Dieu. Narrateur, sortez moi de là, s'il vous plaît !

- Mon cher personnage, vous voulez mener mon scénario à votre guise, démerdez-vous ! Pour info, l'odeur vient de la cuisine, mélange de litière de chat et de poubelles non sorties depuis une vingtaine de jours. Mais je vous laisse sans le savoir et vous souhaite une bonne nuit. -

CHAPITRE 17

Je me sens coincé, alors que depuis sa rencontre, j'étais pressé. Je ne me sens vraiment pas bien. Elle accélère le temps, le mouvement. Je ne suis pas prêt, c'est la première femme avec qui je le ferai, mais je me sens en manque de souffle. Moi le psy qui a prêté serment d'aider son prochain à soigner ses maux, je me retrouve empêtré dans les miens. Je me lance, je verrais bien par la suite. Elle s'approche de plus en plus. Sa bouche est à quelques centimètres de la mienne. Je sens son souffle qui aère mes lèvres. Je suis là, comme un con. J'ignore si la première fois est pareille pour tout le monde. Je sais maintenant pourquoi mes patients me parlent de leur première fois. J'ai souvent constaté leur difficulté à être soi en soi, et de partager leur individualité sexuelle.

Ses lèvres se collent aux miennes. Par peur, je les serre, mais sa langue force le passage. Je n'aime pas trop, mais je laisse faire.

« Je vais peut-être vite en besogne ? me

demande-t-elle.»

Je reste bouche bée. Elle t'a démasqué le gros. Que fais-tu maintenant ?

« Je pense un peu, répondis-je. Mais on a commencé, continuons.»

Elle ne se fait pas prier. Elle saute sur mon palais pour y refaire l'intérieur. Elle se lève, me prend la main et m'entraîne dans la pénombre de sa chambre. Je crois que je goûterai son repas la prochaine fois. Je suis sûr qu'elle n'a rien préparé, elle avait prévu de passer directement au dessert. Je la suis. Elle n'allume pas la lumière...

- Pauvre garçon, pauvre Markus... On ne peut pas voir, faute de lumière, mais on peut entendre de drôles de bruits. On imagine qu'ils ne jouent pas aux cartes. Pourtant après plus d'un quart d'heures... -

« Je suis désolé, je n'arrive pas à avoir une érection. Je ne comprends pas ce qu'il m'arrive.

- Ce n'est pas grave. Ce sont des choses qui arrivent, dit-elle d'une voix déçue.

- Je suis vraiment confus.

- Ne le sois pas, ça arrive même aux étalons !

- Je n'arrive pas à être physiquement prêt. J'ai

besoin d'être amoureux et de connaître la personne. Je dois avoir confiance en toi pour avoir confiance en moi. Je suis désolé.

- Tu ne m'aimes pas ?

- Je ne sais pas, on vient juste de se rencontrer.

- Pourtant tu m'as laissé entendre l'inverse hier.

- Je me suis mal exprimé, alors. Excuse-moi.

- Pourtant tous les hommes veulent s'offrir du bon temps. J'en sais quelque chose !

- On est pas tous des chauds lapins.

- Je m'en doute.

- Je préfère en rester là pour le moment.

- Bien. Attendons un peu, si tu veux.

- Oui je pense que c'est mieux. »

Je me rhabille sans tarder. Je lui dis au revoir, sans demander mon reste, et je file à l'anglaise si je peux dire ainsi. Qu'est-ce qui m'arrive ? Je suis devenu moi-même mon patient. L'odeur nauséabonde de son appartement m'a dégoûté. Mon premier essai de la capote a dû jouer aussi. J'ai encore l'odeur répugnante coincée dans mes narines. Je vole l'air à pleins poumons pour la faire évacuer. Elle a dû me prendre pour un impuissant. Je marche de plus en plus vite. Arrivé chez moi, je me sens soulagé. Je suis content de ce qui m'est arrivé. « Sauve qui peut » était la phrase de mon envie. Je vais me doucher et me brosser les dents, je me sens sale.

Tout propre, je regagne ma cuisine. J'ai faim ! Je vais me faire deux œufs sur le plat. Je n'ai pas de pain mais je vais prendre du pain de mie. Assis devant mon assiette, je commence à manger. Mon estomac se réjouit enfin de ce repas béni. Je me couche même si il est déconseillé de dormir le ventre plein.

- La nuit n'a pas été chaleureuse pour notre compère. Il s'est tourné et retourné sans arrêt dans son lit. Une soirée qu'il n'oubliera pas, je pense. Le jour pointe son nez à travers la fenêtre de sa chambre. Tellement perturbé par sa soirée, il a omis de fermer les volets. En ce jeudi, veille de sa conférence, notre jeune promoteur érectile se laisse aller à la fainéantise. -

CHAPITRE 18

Waouh ! Je baille dès le lever. La journée va être belle ! J'enfile mon calebut pour aller ensuite au petit coin. Je sors. Je me lave les mains direction la cuisine. Une dosette dans la machine et de l'eau dans le bidule. J'appuie sur marche. Je regarde mon café remplir la... Merde ! La tasse ! Je recommence le processus. Une fois le café coulé, je prends ma mug et vais m'asseoir dans le salon. Huit heures trente, je suis toujours à moitié à poil, comme si je n'avais pas envie d'aller au bureau. L'éventualité de la croiser me rend mal à l'aise. Allez zou ! Je m'habille et je file. Il faut savoir prendre le taureau par les cornes. Je vais lui expliquer le pourquoi du comment qui signera la fin de notre histoire. Sous le porche, la concierge me fait signe.

« Monsieur De Laforst !

- Euh, oui ? Quoi ?

- Bonjour ! J'ai une lettre pour vous, de la part de Madame Claire Delasenteur.

- Bonjour ! Je vous remercie.

- Est-ce que ma fille travaille bien ?

- Il est trop tôt pour vous le dire, et je pense, Madame, que je m'adresserais directement à elle si cela n'allait pas.

- Je ne voulais pas être curieuse, mais simplement savoir si elle vous convient.

- Je vous rassure. Je lui ai donné ma confiance dès la première seconde. Je pense qu'elle est faite pour le poste proposé. Elle a les qualités requises. Et surtout, la discrétion est, chez elle, une vertu.

- C'est gentil pour elle, Monsieur.

- Je le pense, bonne journée.

- Bonne journée. »

J'arrive devant mon cabinet, pas besoin de chercher mes clefs. La porte est grande ouverte. Je sens s'échapper le propre de l'intérieur.

« Attention Markus ! Le sol vient d'être lavé, ne glissez pas.

- Bonjour Anna. Merci de votre bienveillance. Je vais attendre un peu dans le jardinet.

- Bien comme vous voudrez. »

Je marche quelques pas dans l'allée et j'ouvre l'enveloppe de Claire.

"Cher Markus,

Je ne vous ai pas croisé ce matin à 7 heures. Je voulais m'excuser pour la soirée. Je suis consciente de vous avoir poussé dans un retranchement non prévu. J'en suis vraiment désolée. Je ne pensais pas tomber sur un homme qui ne pense pas avec sa bite.

Je n'avais pas préparé de repas car je pensais que le sexe était l'en-cas. J'espère que vous saurez m'en excuser.

Claire."

Au moins, ça a le mérite d'être clair ! Mon regard se porte sur l'entrée du cabinet d'infirmière. Je me décide à y aller. Toc, toc, toc...

« Entrez !

- Bonjour Madame ! Est-ce que Claire est présente ?

- Non elle est en visite.

- Vous pourriez lui dire que je suis passé ?

- C'est comme si c'était fait.

- Merci bien.

- Mais je vous en prie. »

Je continue mon tour. Quand je reviens dans le cabinet, le sol est sec. Je rentre. Anna me tend la main pour me dire bonjour. Je m'approche pour lui faire la bise. Fait-elle de même car elle se sent obligée ou simplement pour lier une complicité dans le travail ? Je me garde bien de le lui demander.

« Votre café est coulé, Markus.

- C'est gentil Anna ! Vous le prendrez avec moi ?

- Oui, avec plaisir.

- Si vous voulez, tous les matins, nous le prendrons ensemble avant l'ouverture des rendez-vous.

- D'accord ! Dites moi, pour la comptabilité, quel professionnel dois-je contacter ?

- Venez avec moi. »

Nous partons ensemble deux bureaux plus loin, nous frappons et entrons.

« Bonjour Madame ! Je suis Monsieur De Laforst, psychologue. Mon cabinet est dans la résidence. Je souhaiterais collaborer avec votre agence pour ma comptabilité. Je vous présente Anna, ma secrétaire. Pourrions-nous avoir un entretien avec le responsable ?

- Enchantée, Messieurs-Dames. Je suis moi-même responsable, Madame Dechiffre Sirie. Je travaille avec mon mari Edelette. Je remplace notre secrétaire pendant ses congés.

- Bien ! Anna, je vous laisse prendre rendez-vous. Je dois rentrer téléphoner.

- Bien Monsieur.

- Au revoir Madame.

- Au revoir Monsieur De Laforst. »

De retour dans mon bureau, mon café est devenu froid. Peu importe, le micro-ondes est là. Je le réchauffe. Je profite de ce calme pour appeler mon ami Fabien. Je lui raconte ma soirée, sans rien lui cacher. Il n'en revient pas. Il a du mal à me croire. C'est tout de même une infirmière. L'hygiène est la base de son métier. Comme quoi les apparences sont parfois trompeuses. Une embuscade bien perpétrée.

Le temps déverse ses secondes et ses minutes. Concentré sur mon ordi, face au planning de la semaine prochaine, je note les rendez-vous que j'ai réceptionnés dans l'agenda d'Anna. Vlan ! Poum ! Bing ! Qu'est-ce que c'est que ce vacarme ?

« Anna ? Vous êtes là ? Qu'est ce que c'est tout ce bruit ?

- Ce n'est rien, Markus ! Ce sont les plantes qui

arrivent.

- Elles sont si énormes ? Pourquoi cognent-elles partout ainsi ?

- Ce sont les pots qui sont encombrants !

- Ah OK ! Vous viendrez chercher votre agenda, je vous ai noté mes futurs rendez-vous.

- D'accord ! Je viens après la livraison. »

Elle gère cette petite. Je suis content de l'avoir dans mon équipe. Toujours aucune nouvelle de Claire. Me fait-elle la tête pour l'avoir laissée croire au plaisir ? Enfin ! Je vais attendre ce soir. Je suis prêt pour demain soir. Tout est dans ma clé USB. J'ai imprimé le dossier en entier en cas de panne. Ce soir je vais manger chez Francine, un petit resto traditionnel, pour me changer les idées. Un peu d'isolement me fera grand bien. J'appelle et je réserve une table. Voilà qui est fait.

18 heures.

« Anna ! Il est temps de partir !

- Je le sais Markus ! Ne vous inquiétez pas, je ne compte pas mes heures en plus. Je finis juste de nettoyer après le passage des livreurs. Je voulais vous demander l'autorisation de vous accompagner à la conférence. Je l'ai lu dans le journal.

- Han ! Je suis désolé, j'ai omis de vous en parler. Je serais ravi que vous veniez et que vous preniez note du débat.

- Je serai présente.

- Merci Anna ! Je vous laisse fermer, je me sauve.

- OK, bonne soirée. »

CHAPITRE 19

Je marche en direction du restaurant, avec un crayon et un bloc moyen. Je regarde les vitrines en traversant la ville. Les décors de la nuit s'illuminent à la tombée du jour. Je prends mon temps. Je flâne, j'erre seul. Mon esprit se vide de ses pensées négatives. Je retrouve mon calme. Je reprends ma route, je ne suis plus très loin.

Dans le restaurant, je m'installe à une table un peu à l'écart. Je passe commande et je sors mon crayon et mon bloc. Je rédige une lettre avec soin et je m'applique pour que l'écriture soit lisible. L'odeur de la salade de gésier vient interrompre mon écrit. Mon estomac crie famine. Je pose mon stylo sans plus tarder et commence à manger. Hum ! Je me régale ! Oh ! Un ver ! De la viande en plus. Je dis ça pour éviter de me faire voler mon assiettée. Je salive. Elle est trop bonne ! Ces feuilles arrondies et ces milles couleurs comme une invitation au goût et au plaisir. Je ne laisse aucune miette. J'ai un petit verre de vin rouge bien de chez nous et une tranche de pain de campagne bien grillée en accompagnement. Le serveur repart avec le plat vide. Ma langue danse encore de cette simplicité.

Je reprends mon courrier. Et tout au long du repas, je me retrouve dans un bal de renaissance totale de mes sens. J'observe. Je profite du plaisir de redécouvrir la simplicité. Un vrai gala que ce repas. Je me suis évadé, j'ai voyagé sur place, en moi.

Je repars après avoir payé ma note. Sur le chemin du retour, je savoure encore cet instant, un vide de soi qui remplit d'une nouvelle énergie. Je marche libéré de toute pression. J'arrive devant chez moi.

J'ouvre la porte et je rentre. Je me pose directement sur le canapé, peut-être à cause du vin dont je n'ai pas mesuré la quantité bue. Allongé confortablement, de mon pied droit je libère le gauche de sa chaussure et vice et versa. Je sens que mes doigts de pieds me remercient en se mettant en éventail. J'ouvre et allume mon ordinateur portable. J'ouvre le fichier du roman et je reprends ma lecture.

"Je ne peux rester ainsi. Il faut que je lui dise

que je ne pourrai pas la pénétrer car je n'arrive plus à retrouver une érection suffisante, et que je suis désolé. Je vais me taper la honte de ma vie. Mais je ne peux continuer de la caresser ainsi jusqu'à demain. Allez je me lance.

« Julie, il faut que tu sache que je t'aime mais je rencontre un petit problème physique, et tu n'y es pour rien. Je voulais te le dire plutôt mais j'avais peur. Je tiens à m'excuser. Je préfère te le dire car je suis amoureux de toi. Je veux que notre couple soit basé sur la confiance et le partage. Je préfère te parler sans te mentir.

- Allume la lumière, me dit-elle, nous pourrons parler plus facilement si nous nous voyons. »

Je m'exécute.

« Tu sais, j'ai remarqué qu'il y avait un problème, vu le temps que nous avons passé à nous caresser. Je me doutais bien que ce n'était pas normal.

- J'ai une panne, répondis-je et je n'arrive plus à me maîtriser pour avoir une érection. Il faut que tu saches que tu n'y es pour rien. Ma vie de célibataire m'a réglé dans un formatage. Je pense que c'est la nouveauté qui me perturbe. Je crois que le fait de te dire la vérité me *soulage.*

- Ce n'est pas que ton souci, me répond-t-elle gentiment, c'est le nôtre. Ensemble, nous trouverons la solution afin de jouir de notre amour. Peut-être que nous ne sommes pas prêts. Il faut peut-être que nous nous côtoyons plus afin de se découvrir davantage avant de franchir un pas important dans notre relation. »

Comment n'ai-je pas osé le lui dire plus tôt ? Elle m'a entendu. Plus je l'écoute et plus je me sens en confiance. Vivre seul c'est se contenter de soi. Vivre à deux c'est s'offrir le corps de l'autre, l'échange, et le partage des faits pour qu'un amour naisse dans le cœur de chacun.

« Je me sens soulagé de te l'avoir dit. J'étais mal à l'aise, je ne savais pas comment tu allais réagir.

- Tu sais je t'aime, toi, murmure t-elle doucement au creux de mon oreille. Le reste m'importe peu. Tu es celui qui a donné son rythme à mon cœur. Bien-sûr, je sais que faire l'amour participe au maintien de notre couple. Mais ensemble, nous surmonterons tous les problèmes pour nous, pour notre couple, et pour chacun d'entre nous.

- Je te remercie de ta compréhension, lui dis-je. Je ne pensais pas que les femmes pouvaient admettre que l'on ne puisse pas les satisfaire tout le temps. Je pensais que c'était une honte, qui entraînait une rupture.

- Ne t'en fais pas. Il faut dormir maintenant. On en reparlera demain, si tu veux.»

Je me sens compris. Je m'étais réfugié dans une espèce de fierté masculine inutile et malsaine. Je me sens décompressé suite à cet aveu. Elle se lève, éteint la lumière, m'embrasse et me dit : "à demain mon amour". Puis, elle se retourne pour dormir. Un peu secoué par ce moment désagréable et apaisé par la communication, je m'endors."

- Notre cher psychologue fait de même, sans s'en rentre compte. Je lui emprunte discrètement la lettre qu'il a écrite au restaurant. Ne lui dites rien. Je sais que ce n'est pas bien, mais je suis responsable des écrits qui jalonnent ce roman. En plus, ne dites rien mais je la partage avec vous.

"Chère Claire,

J'ai bien reçu votre lettre et je suis touché par tant de franchise. Il est vrai que je suis très déçu par votre attitude. Je me suis tellement senti mal à l'aise, que j'en étais malade. Votre façon de faire n'est pas la mienne.

Vous m'avez offensé dans mon cœur d'homme. Alors je me permets de vous dire que je me suis retrouvé otage de la situation. Je suis désolé mais je ne peux concevoir mon avenir sur une base aussi désastreuse. Je souhaite que nous restions amis avant tout. Nous pourrions, si vous l'acceptez, dîner ensemble dans un restaurant du coin et repartir à zéro en tout bien tout honneur. Je vous laisse sur ces quelques lignes qui, je l'espère, ne vous auront pas blessée. Je vous dis à bientôt et j'espère vous revoir. Cordialement,

Markus"

Waouh ! Notre cher compagnon, sait ramener la chose à son avantage. Je sais qu'il ne voudra plus de relations intimes avec Claire. D'ailleurs, il n'était pas prévu dans mon récit que leur relation aille plus loin qu'un simple repas. Mais il a voulu n'en faire qu'à sa tête de personnage.

CHAPITRE 20

Le jour se lève sur un beau soleil. Notre psy, ronfle toujours. Les verres de la veille étaient légers mais le contenu lourd d'alcool. Le preuve en est, c'est l'ouverture de ses yeux. Le regard flou, il émerge. Doucement il se lève mais peine à s'asseoir. Il attrape sa tête dans ses mains. Elle doit être très lourde. Il se frotte les yeux.

D'un bond, il se dirige vers la salle de bain. Il en ressort vingt-trois minutes plus tard, les cheveux à peine séchés. Il avance pour préparer son déjeuner. Il est habillé, seules les chaussettes manquent à l'appel. Il est tout de même 8 heures 45 et il ne se presse pas pour autant. Une fois près, il descend de chez lui. -

Je me rends au travail. Comme d'habitude, il ne me faut que dix minutes de marche pour y arriver. Je rentre directement car, comme hier, Anna a ouvert la maison. Je la salue en passant. L'odeur du café règne dans les locaux. Je m'installe à mon bureau après avoir posé ma veste sur le porte manteau derrière la porte. Laissant la porte entrouverte, Anna se faufile avec ma tasse me la tend et vient s'asseoir en face de moi. Ses repères sont pris. Elle me parle de la soirée de ce soir. Je l'écoute. Je n'ai vraiment rien à faire, elle a tout préparé. Pourquoi suis-je venu ? Elle est au taquet. Je suis vraiment content de cette embauche. Le rêve de tout patron : arriver, se poser et le café arrive comme par enchantement. La journée est ponctuée des petites choses à régler pour ce soir et pour lundi.

Elle a reçu un appel du journaliste qui a passé l'article. Elle a convenu de lui communiquer un compte rendu de la conférence. Je suis moi-même étonné du professionnalisme de cette demoiselle. De l'or dans mon affaire, me dis-je dans un coin de mon cerveau encore brumeux. J'avoue, j'ai de la chance. Je pars chercher la clef et régler la salle pour ce soir, laissant Anna à son travail. À 18 heures 32, je suis de retour. Je laisse une enveloppe à la loge de la concierge en passant. Après cette bonne journée, je décide de manger un petit bout dans un taulier du coin. Je propose à Anna de m'accompagner. Je la rassure : le repas est pour la boite. C'est un dîner d'affaire.

Nous voilà partis dans un restaurant kebab. C'est simple. Tout est dans le sandwich. Enfin, sauf la boisson bien sûr. Anna est assise derrière la vitrine du commerce. Moi je suis face à elle. Je me sens bien en sa présence. Soudain, je vois la silhouette de Claire en contre-jour. Elle s'approche de nous. Aie ! Aie ! Que veut-elle ? Je vois ses yeux à travers la vitre. Elle me fixe. J'essaie de ne rien laisser paraître. La silhouette disparaît. Je sens le regard d'Anna se poser sur moi avec une légère inquiétude. Nous continuons notre discussion, quand l'ombre de Claire réapparaît. Je ne sais plus de quel sujet nous parlions. Je bégaie dès que je parle.

« Patron, vous êtes blanc ! Vous allez bien ?

- Heu ... oui oui ! Je...je vais bien.

- Vous êtes sûr ? On dirait que vous venez de voir un fantôme !

- Non. Je vous assure, tout va bien. »

Une voiture arrive en face. Ses feux nous éclairent mais plus d'ombre à l'horizon. À quoi joue-t-elle ? Que veut-elle ? Je sens monter la peur, en moi. L'inquiétude me gagne. Il est 19 heures, on doit partir dans peu de temps pour la salle. Je suis à la moitié de mon repas.

Anna n'est guère plus loin.

Je ne sais pas ce que Claire cherche exactement mais je ne vais pas la laisser empoisonner ma soirée avec Anna. Je finis de manger, le temps passe. Il nous reste encore trente deux minutes avant le coup d'envoi de la conférence. Je vais régler et nous sortons.

« Ça va ? Vous n'avez pas trop le trac, me demande simplement Anna ?

- Non, parler en public ne me gène pas du tout. »

On marche vers sa voiture, car elle m'a proposé de m'y emmener. Je me demande intérieurement si Claire ne sera pas présente dans la salle. Enfin à bord de son engin, nous partons.

- Je vous passe les détails pompeux de la conférence pour en arriver au lendemain. -

CHAPITRE 21

Samedi matin, je me lève à 11 h 38. Merde ! Il faut que je me dépêche, je dois aller manger chez mes vieux. Dix minutes plus tard, montre en main, je suis prêt à partir.

- Le temps que notre ami rejoigne sa famille, je voudrais vous signaler qu'il n'a pas fermé l'œil de la nuit, tourmenté par Claire et ses apparitions. Je crois qu'il a décidé de lui parler franchement. Il a compris qu'elle ne le laisserait pas tranquille. Il arrive enfin chez ses parents. J'ai hésité à le plonger dans un repas tranquille en famille, mais un peu d'épices lui fera le plus grand bien. -

J'entre dans la maison de mon enfance. Rien n'a changé. Tout est à la même place. J'embrasse mon père puis ma mère. On passe à table directement, car après le repas, ils font la sieste devant le journal télévisé.

« Alors ta conférence, fiston ? demande mon père.

- Bien ! C'était sympa.

- Il y avait du monde ?

- Je dirais une centaine de personnes.

- Tu veux encore de la salade, mon chérie ? coupe ma mère.

- Non merci, Maman.

- Alors ? Les gens ont-il appris à avoir une érection ? rajoute mon père hilare.

- Papa ! Ne te moque pas !

- Excuse-moi ! Ce n'est pas le genre de débat que j'ai rencontré dans ma vie professionnelle.

- Papa ! Arrête ! Dans ton travail d'employé des espaces verts à la ville, tu ne vas pas me dire que tout était si vert que ça. Je te rappelle que l'érection est problématique pour beaucoup d'entre nous.

- Pourquoi ? C'est ton cas ?

- Papa !

- Excuse moi un peu d'humo…

- Papa, arrête, s'il te plaît !

- Laisse-le tranquille, intervient ma mère. Tu vois bien qu'il ne veut pas en parler. Au lieu de dire des conneries, donne moi ton auge. Dis-moi mon fils, as-tu pu régler ton problème de pieds ?

- Maman ! On est à table, tout de même !

- T'as couché dans la baignoire pour être aussi

susceptible ? On veut juste entamer la discussion, mon grand. N'oublie pas que sentir des pieds est un tue l'amour.

- Maman ! A chaque fois c'est la même chose !

- Allez dis-nous, elle est blonde ? Je suis ta mère, tu peux tout me dire.

- Maman ! Vous me saoulez, là !

- Markus ! Parle mieux à ta mère ! Elle est brune alors ?

- Je n'ai personne ! Je prendrais bien un morceau de tarte, Maman, s'il te plaît.

- Si tu changes de sujet c'est que...

- PAPA ! Arrêtez je vous le dirais s'il y avait quelqu'un.

- C'est quoi son petit nom ?

- Papa ! Bon OK, je vais vous le dire. Franck ! Voilà, vous savez tout !

- T'es une tapette ?

- Ben oui je le suis.

- Non, mon fils ne me dis pas ça ! Tu es notre seul enfant. On veut des petits-enfants. Comment tu vas faire pour en avoir ?

- Maman ! Tu vois pas que je dis ça pour couper court à vos sous-entendus ? »

Quel repas ! J'adore mes parents mais là, ils

sont casse-couilles. Je repars en passant par le centre, car du coup je suis parti sans boire le café. De retour, après m'être arrêté au bistrot, je me pose, l'ordinateur face à moi.

"*Le réveil fut tendre, ma douce m'a fait ouvrir les yeux avec un baiser. Elle n'a pas parlé de cette glorieuse nuit. Mes sentiments sont plus forts. Je sens une main baladeuse qui me parcourt. Je me laisse guider par ses caresses. Je sors de mon sommeil comme un homme nouveau. Je me laisse transporter dans ce mouvement de corps à corps.*

Mes mains sont devenues, comme par magie, amoureuses de cette chair. Je m'approche comme envoûté de désir vers ses lèvres. Je l'embrasse. Ma langue danse avec la sienne. Les couvertures, gênantes, volent d'un seul coup à travers la pièce. Nous partageons un moment intense. Je ne me sens plus stressé. Je suis bien.

Nos têtes respectives bougent sur tout le corps de l'autre. Hum ! Je sens que la nuit a ouvert nos sens et nous a apporté le savoir qui ne s'apprend nulle part. Ce que j'attendais avec impatience, comme tout homme, arrive. Sa bouche monte mon sexe. Je sais ce que ça fait une fellation ! Je suis conquis ! J'ai du mal à me contenir tellement j'apprécie.

Elle se retire doucement et se redresse. Je descend ma tête pour lui pratiquer un cunnilingus. Je le savoure mieux qu'hier. Quatre mains couvrent deux corps. Des "je t'aime" virevoltent d'oreille à oreille. J'arrête cette douceur pour me présenter à l'accouplement. Au garde à vous, je ne peux le retenir. Je rentre pendant que les portes de l'excitation s'ouvrent à moi. Comme si je rentrais ma voiture dans le garage, je pénètre doucement. Hum ! Je l'écoute gémir, ce qui amplifie mon envie. Cette fusion est extraordinaire, c'est l'amour qui se libère.

Au bout de neuf minutes de plaisir intense, je lui envoie tous mes mots d'amour. Nous sommes épuisés. Elle me regarde dans la clarté du jour qui traverse les volets. Nos yeux ne se quittent pas. Tout bas, elle me souffle : tu vois on y est arrivés ensemble."

Enfin, je viens de finir cette grande nouvelle. Je me suis retrouvé dans la même situation à proprement dite. Le message que je ressens après cette lecture me montre que la confiance en soi quand on est deux est une confiance mutuelle. Je note que mon ami a su me donner une leçon, sans le savoir. Comme quoi, en étant psychologue moi-même, mon confrère m'a démontré que l'on peut avoir les outils pour aider les autres et être démuni soi-même.

CHAPITRE 22

Tiens ! Mon portable vibre.

« Allo ?

- Markus, c'est Claire !

- … Merde ! me dis-je.

- Markus ? Tu es là ?

- Oui, je suis là. Que veux-tu ?

- Je ne te dérange pas ?

- Non. Que veux-tu ?

- Je voulais te dire que j'ai lu ta lettre. Elle m'a renvoyé mon ingratitude en pleine figure et je t'en remercie. Mais je ne t'appelle pas pour ça.

- Alors de quoi veux-tu me parler ?

- Vendredi soir, je voulais te parler mais je n'ai pas osé. Je te comprends et je veux bien rester amie avec toi. Je suis une femme à hommes, mais toi tu étais différent…

- Je t'arrête de suite, je ne veux pas te laisser espérer…

- Non. Laisse moi finir ma phrase. Je veux rester amie avec toi. J'ai un autre homme dans ma vie. Je l'ai rencontré, il y a deux semaine mais je n'étais pas sûre de m'engager avec lui. Je voulais profiter de ma vie sexuelle. Mais depuis ma rencontre avec toi, depuis ta lettre, je me suis remise en question, je tenais à ce que tu le saches.

- Waouh ! Quelle révélation ! Est-ce une stratégie de ta part ou est-ce vraiment la réalité ?

- Je te promets que ce n'est que la vérité !

- Écoute ! Je suis surpris, mais content. J'en reste là pour cette discussion.

- Je te comprends. J'espère que tu m'autoriseras à venir boire le café à ton bureau ?

- Oui je te l'autorise. Je te laisse. »

Je raccroche. Je ne suis pas convaincu par ses paroles. Mais bon, faisons comme si.

CHAPITRE 23

- "Lundi matin, l'empereur, sa femme et le petit prince sont venus chez moi pour me serrer la pince. Comme j'étais partititi..."
Oups ! Je devrais arrêter l'apéro...-
J'arrive à 8 heures au bureau. Bien sûr, Anna est déjà à pied d'œuvre.

« Bonjour Anna ! Comment allez-vous ?

- Bien ! Et vous, ce week-end ?

- Ça va.

- Votre café, dit-elle en me tendant ma tasse.

- Merci c'est gentil. Dites-moi Anna, avez-vous préparé le compte rendu pour le journaliste ?

- Je vais même vous dire mieux, je me suis permise d'en faire un résumé et de le lui envoyer par mail samedi matin. Le compte-rendu complet est dans le dossier conférence, dans le partage de documents. Normalement vous devriez l'avoir.

- Anna, vous êtes une perle rare !

- Je vous remercie. Je ne sais que dire.

- Ne dites rien. Avez-vous eu vent d'une réponse à ce sujet ?

- Et bien, regardez le journal ! dit-elle avec un grand sourire.

- Bien, ma chère secrétaire ! Pourriez-vous m'amener un autre café ? »

Elle a déjà disparu de mon bureau. J'ouvre le journal et je trouve facilement l'article car elle y a collé un post-it.

"Vendredi soir, le psychologue Markus De Laforst, spécialisé dans la sexualité de l'homme, animait une conférence sur les problèmes érectiles, en présence du Docteur Lemolle, Sexologue et de Monsieur Ladure, Psychologue du couple. Nous pouvons retenir les conseils avisés du trio de professionnels, permettant d'éviter et de combattre les problèmes érectiles. D'après les témoignages mis en avant, les personnes rencontrant ce phénomène se sentent meurtries dans leur virilité. Le formatage des films pornographiques est une des plus importantes causes de pannes chez l'homme dans le couple. La deuxième cause est une masturbation trop intensive.

L'état psychologique du sujet peut aussi la provoquer souligne Monsieur Ladure. Si le couple ne parvient pas à régler le problème par le dialogue, il semble nécessaire de consulter pour trouver la voie de la guérison. Le Docteur Lemolle, a, quant à lui, survolé les maladies qui peuvent être à l'origine de ces troubles, car, dans ce cas, seule une consultation permet de les diagnostiquer.

Un débat très enrichissant s'est ouvert, ou les échanges étaient déjà des remèdes en soi. Toutes les pannes sont désagréables. Mais celle-ci amène une déprime sexuelle incommensurable. Monsieur Markus De Laforst ouvre les portes de son cabinet, situé avenue du général Paul Pol à Clermont, dès lundi, pour aider les sujets atteints de ce problème récurent."

De retour avec mon café, Anna me rappelle le rendez-vous de 10 heures avec Monsieur Alain. Dans cinq minutes, précise-t-elle. Un regard admirateur se dégage de mon visage. Le téléphone retentit.

« Allo Markus ?

- Oui Fabien !

- Comment vas-tu ? J'ai lu le journal et j'ai apprécié l'article. Du très bon travail ! Le Doc se joint à moi pour te féliciter.

- C'est gentil, Fabien, mais le mérite revient à Anna.

- Anna ? Ah oui, ta secrétaire !

- Oui, Anna.

- Alors, t'as des nouvelles de Claire ?

- Oui ! Elle est avec un autre. Elle m'a appelé pour s'excuser de son comportement. D'ailleurs, tant que je t'ai au téléphone, je voulais te dire que j'ai fini ton manuscrit. Tu vas recevoir un mail à ce sujet. Je te laisse car j'ai un patient qui m'attend.

- Ok, merci à Anna alors ! Bonne chance pour ton ouverture. »

Anna me sonne pour me dire que mon rendez-vous vient d'arriver. Je me lève pour aller le chercher.

« Bonjour Monsieur ! Veuillez me suivre. Voulez-vous un café ?

- Bonjour ! Non merci, ça ira !

- Entrez, je vous en prie. »

Il s'installe sur la chaise de gauche, bien en biais vis à vis de moi. Désolé, je vous laisse dans la salle d'attente, chers lecteurs, secret professionnel oblige ! Je referme la porte. Le temps passe. Anna vaque à ses occupations puis appelle une de ses amies.

« Coucou Nathalie, comment vas-tu ?

- Ça va et toi ?

- Ça va ! Alors, quoi de neuf ?

- Ben, tu sais, je t'ai parlé de mon nouveau mec. Je l'ai quitté car j'ai appris qu'il avait une maîtresse.

- Ah bon ? Le salop ! Mais comment l'as-tu appris ?

- Bêtement, par son petit frère au téléphone. Je cherchais à joindre mon homme et là, son frangin me dit "ben, c'est pas toi qui est avec lui là ?"

- Le con ! Il a quel âge son frère ?

- Huit ans !

- Il ne ment pas alors.

- Non ! Je t'explique pas comment je lui ai montré que j'étais contente de le larguer. Et toi, alors ? Toujours célibataire ? T'as personne en vue ?

- Si ! J'ai quelqu'un dans le cœur, mais il ne le sait pas.

- Ah Oui ? C'est qui ? »

Markus est sorti de son bureau mais Anna n'y a pas prêté attention. Elle continue sa discussion alors que Markus se trouve dans son dos. Involontairement, il entend sa conversation.

« Alors ? Réponds-moi ! Qui est l'heureux élu ?

- Je trouve mon employeur charmant. Mon cœur ne voit que lui. Je crois que j'ai un coup de foudre. Mais, je ne l'intéresse pas du tout.

- Hem ! Hem ! Excusez-moi Anna, s'interpose l'intéressé, pourriez-vous noter le prochain rendez-vous de ce Monsieur ?

- Heu... heu...oui, oui, répond-t-elle, rouge de honte.

- Allo ? Anna ? Tu es là ?

- Je te rappelle plus tard, Nath. chuchote-t-elle. Bisous. »

Après avoir repris son travail sérieusement, Anna repense à la bourde qu'elle vient de faire. Il n'y a plus de patients pour la matinée. Elle frappe au bureau de Markus. Il l'invite à entrer.

« Markus, dit-elle gênée, je suis confuse pour tout à l'heure. Je voulais m'excuser.

- Je ne suis pas confus moi, répond-t-il, je suis flatté à vrai dire. Je ressens la même chose mais je ne l'ai jamais laissé paraître. Avant d'affirmer quoi que ce soit, demandez-moi ! »

- Plus un son de voix ne résonne. Est-ce

seulement la voie de la raison qui prend le relais ? Je peux seulement vous dire que les choses, entre eux, n'ont fait qu'évoluer. Et je sais de source sûre que tout se passe très bien, même au lit...-

Remerciements

Merci à tous les personnages du roman et à mes lecteurs.

De plus, je tiens à remercier, particulièrement, mon ami Jesse Jay pour sa couverture. Son choix d'illustration peut paraître sombre pour un roman humoristique, mais il tend à symboliser un problème mal assumé par la personne qui en souffre.

Table des matières